Les habits du social

« La Vie des Idées »

Collection fondée par Ivan Jablonka
et dirigée par Ariel Suhamy et Nicolas Duvoux

Robert Castel et Nicolas Duvoux, *L'avenir de la solidarité*
Ivan Jablonka et Annette Wieviorka, *Nouvelles perspectives sur la Shoah*
Pauline Peretz, *L'Amérique post-raciale*
Patrick Boucheron et Nicolas Delalande, *Pour une histoire-monde*
Jon Elster et Arnaud Le Pillouer, *À quoi servent les élections*
Christophe Jaffrelot et Jules Naudet, *Justifier l'ordre social*
Émilie Frenkiel et Jean-Louis Rocca, *La Chine en mouvements*
Hervé Guillemain, *Extension du domaine psy*
Catherine Colliot-Thélène et Florent Guénard, *Peuples et populisme*
Patrick Le Galès et Nadège Vézinat, *L'État recomposé*
Alexis Jenni, *Le Monde au XXIIe siècle*
Laure Bereni et Mathieu Trachman, *Le genre, théories et controverses*
Éric Monnet et Claudia Sternberg, *Euro, les années critiques*
Henri Bergeron et Renaud Colson, *Les drogues face au droit*
Auriane Guilbaud et Philippe Sansonetti, *Le retour des épidémies*
Annie Cohen-Solal et Cristelle Terroni, *La valeur de l'art contemporain*
Éric Charmes et Marie-Hélène Bacqué, *Mixité sociale, et après ?*
Jean Bérard et Jean-Marie Delarue, *Prisons, quel avenir ?*
Michaël Fœssel et Louis Lourme, *Cosmopolitisme et démocratie*
Catherine Larrère, *Les inégalités environnementales*
Michel Agier et Anne-Virginie Madeira, *Définir les réfugiés*
Matthieu Rey et Henry Laurens, *Méditerranées politiques*
Jérémie Gauthier et Fabien Jobard, *Police : questions sensibles*
Guillaume Allègre et Philippe Van Parijs, *Pour ou contre le revenu universel ?*
Jean-Claude Driant et Pierre Madec, *Les crises du logement*
Marwan Mohammed et Julien Talpin, *Communautarisme ?*
Christian Chavagneux et Marieke Louis, *Le pouvoir des multinationales*
Nicolas Duvoux et Cédric Lomba, *Où va la France populaire ?*
Fabien Carrié et Christophe Traïni, *S'engager pour les animaux*
Antoine Courmont et Patrick Le Galès, *Gouverner la ville numérique*
Sarah Abdelnour et Dominique Méda, *Les nouveaux travailleurs des applis*

Suite de la collection en fin d'ouvrage

www.laviedesidees.fr

Lucie Bargel
Muriel Darmon

Les habits du social

la vie des idées

puf

ISBN 978-2-13-087546-8
ISSN 2265-5077

Dépôt légal – 1re édition : 2025, février

170 bis, boulevard du Montparnasse, 75014 Paris

Introduction

Lucie Bargel et Muriel Darmon

Les vêtements sont des objets particuliers : on les manipule chaque jour (pour les porter, les laver, les acheter, etc.), on y voit une manière d'exprimer nos goûts, notre personnalité. Que l'on ait un rapport enthousiaste, angoissé ou indifférent à nos tenues, cet objet si quotidien peut sembler déconnecté des grands enjeux de société et indigne d'une analyse scientifique.

Pourtant, c'est précisément parce qu'il fait partie du quotidien de nos pratiques et de nos représentations que le vêtement est si intéressant. D'une part, parce qu'il peut nous faire percevoir combien la société dans laquelle on vit nous modèle, y compris dans des actes apparemment anodins ; d'autre part, parce que les vêtements ont fait produire aux sciences sociales des analyses pluridimensionnelles, voire intersectionnelles avant la lettre, qui sont encore aujourd'hui particulièrement pertinentes. C'est dans cet esprit que nous proposons dans ce livre une grille d'analyse des « habits du social ». Pour ce faire, nous déroulons dans cette introduction le fil d'une approche en sciences sociales des vêtements et des pratiques vestimentaires, qui a pu parfois être occultée par la sociologie de la mode[1] – qui porte

1. Georg Simmel, *Philosophie de la mode*, Paris, Allia, 2013, trad. fr. A. Lochmann ; Clara Lévy, Alain Quemin (dir.), « Pour une sociologie de la mode et du vêtement », *Sociologie et sociétés*, 2011, vol. 43, n° 1.

le regard principalement sur sa création, les manières légitimes de la porter ou ses significations symboliques – et la sociologie du corps – qui peut négliger le vêtement et l'écarter comme un voile superficiel –, qui ont davantage prospéré. Dans cette introduction, puis surtout dans les textes qui suivent, nous entendons au contraire mettre en lumière les multiples apports de cette entrée par le vêtement.

C'est dès 1899, dans le texte fondateur du sociologue américain Thorstein Veblen, *Théorie de la classe de loisir*, que l'on trouve diverses analyses qui marqueront durablement l'étude des vêtements. Tout d'abord, il considère les vêtements comme un moyen d'expression et un signe de la position sociale, et met en lumière les aspects ostentatoires de la consommation vestimentaire. Il insiste toutefois sur le fait que cette expression ne doit rien au hasard ou au jaillissement spontané de l'identité singulière, mais tout à la nécessité de paraître de la « classe de loisir ». Ensuite, il articule genre et classe : ce sont les femmes bourgeoises qui sont les supports et les objets de ce travail de distinction vestimentaire [1]. Quatre-vingts ans après, *La distinction* de Pierre Bourdieu amplifie toutes ces dimensions en les projetant sur l'ensemble d'un espace social relationnel et pluridimensionnel, où les vêtements sont des pratiques et des objets de jugement qui mettent en jeu des positions sociales définies par la composition des capitaux détenus (capital économique et capital culturel notamment) et l'articulation de la classe et du genre.

1. Dans *Philosophie de la mode*, Georg Simmel donne une explication plus strictement expressive des raisons pour lesquelles « les femmes sont en général particulièrement attachées à la mode » : c'est « l'exutoire par où s'échappe le besoin de distinction et de démarcation individuelle qu'ont les femmes et qu'elles ne peuvent satisfaire dans d'autres domaines » (*op. cit.*, p. 33).

Ainsi, étudier les vêtements permet de montrer que la position sociale a un effet sur nos pratiques qui dépasse la simple contrainte matérielle et tient aussi au modelage de nos goûts et nos dégoûts. En cela, cette approche des vêtements noue les fils du matériel et du symbolique (par exemple de la contrainte économique et des goûts), mais aussi ceux des déterminismes sociaux et de l'expression de soi : on s'exprime par les vêtements, mais cette expression est elle-même déterminée par la position sociale. En témoigne l'importance, dans de nombreux cas présentés dans ce livre, de la « respectabilité » que les vêtements sont chargés d'établir. De plus, les vêtements ont fait l'objet d'un traitement « intersectionnel » avant l'heure : c'est l'un des rares objets de la sociologie pour lesquels une perspective sexuée a été intégrée dès l'origine, ce qui rend ces analyses largement compatibles avec les réflexions contemporaines sur l'articulation des rapports sociaux de pouvoir. L'articulation de la classe et du genre, notamment, a été plus précoce sur cet objet que sur d'autres, et elle y est à la fois indispensable et heuristique.

Ce sont ces principes (matériel/symbolique, déterminisme/expressivité, classe/genre) qui structurent la grille d'analyse que nous proposons pour lire les habits du social.

Vêtements et styles de vie : entre contraintes et investissements symboliques

« Les goûts et les couleurs, ça ne se discute pas » : le choix de nos vêtements semble aujourd'hui « libre », purement personnel. Il est vrai que les règlements vestimentaires ont pour l'essentiel disparu tandis que les prescriptions sociales sur les tenues se sont assouplies, comme le montrera, dans le premier chapitre, la perspective historique développée par Christine Bard. Les premiers travaux de sociologie à s'intéresser aux vêtements ont dû faire avec cette idée profondément ancrée dans le sens commun : ce qu'il nous plaît de porter ou non serait simplement l'expression de notre personnalité singulière, éventuellement de notre fibre esthétique ou artistique. Ainsi, les sciences sociales se sont employées à montrer que nos choix vestimentaires sont en réalité largement déterminés par notre position sociale, sans pour autant évacuer cette attention initiale au « goût », à la dimension expressive ou symbolique du vêtement.

Th. Veblen intègre cette dimension dès la fin du XIXe siècle : s'habiller permet de montrer son appartenance à la classe de loisir – les groupes sociaux dont le temps n'est pas entièrement déterminé par le travail et qui ont les moyens économiques de faire des vêtements autre chose qu'une simple nécessité de protéger ou de masquer le corps.

Au tournant des années 1960, lorsque les sciences sociales recommencent à s'intéresser aux vêtements, ces différentes dimensions structurent le débat entre l'approche sémiologique d'un côté, portée par Roland Barthes, contre laquelle s'inscrit ensuite l'approche sociologique défendue par Pierre Bourdieu. Là où la première envisage le vêtement comme objet de communication et partie prenante d'un système de signes, la seconde l'aborde sous un angle matériel, mettant en lumière la dépense occasionnée par le vêtement, en lien avec l'investissement symbolique dont il fait l'objet en fonction de la classe et du genre[1]. L'approche sociologique intervient

1. Nous reprenons ici l'analyse de cette opposition entre Barthes et Bourdieu menée par Lucile Dumont dans le cadre du groupe de recherche « Phringues », et nous la remercions ainsi qu'Amélie Beaumont et Pascal Barbier pour leur contribution à cette réflexion collective sur les vêtements.

donc à un moment où l'aspect expressif, symbolique, de la tenue a déjà été mis en évidence et, de fait, son parti pris matérialiste inclut cette dimension dans l'analyse.

Les achats de vêtements sont déterminés par les ressources économiques et les positions professionnelles...

Maurice Halbwachs, en étudiant les budgets des ouvriers étatsuniens et européens du début du XXe siècle, s'intéresse particulièrement aux dépenses vestimentaires et montre que leur évolution n'est pas simplement déterminée par le niveau des salaires et des prix, mais que les écarts entre classes sociales sont structurants[1]. Dans les années 1970, de grandes enquêtes quantitatives confirment le lien entre la position sociale et les consommations de vêtements. Cette sociologie statistique s'intéresse à deux objets principaux : la part des dépenses consacrées aux vêtements dans le budget ; et la statistique des produits, c'est-à-dire les pièces vestimentaires achetées, saisies à partir de nomenclatures assez frustes, mais qui rendent possibles l'enquête quantitative et sa reproduction.

Ces données quantitatives mettent en avant les façons dont les revenus et les professions jouent sur les vêtements. *La distinction*[2] démontre en effet l'inversion du rapport entre la part relative du budget accordée à la nourriture et celle consacrée aux vêtements entre les classes populaires – qui consacrent une part plus importante de leur budget à l'alimentation – et les classes

1. Maurice Halbwachs, *L'évolution des besoins dans les classes ouvrières* [1933], rééd. *Le destin de la classe ouvrière*, Paris, Puf, 2011.
2. Pierre Bourdieu, *La distinction. Critique sociale du jugement de goût*, Paris, Minuit, 1979.

moyennes – pour qui c'est au contraire le poste vestimentaire qui prend le dessus. La gradation des investissements économiques dans le vêtement y est expliquée par l'anticipation des profits professionnels de l'apparence, plus élevés à mesure que l'on monte dans l'espace social. Les pièces de vêtements achetées, pour les hommes, confirment l'importance déterminante des différences de position professionnelle : « complet » (c'est-à-dire costume – pantalon et veste assortis –) et manteau pour les cadres ; bleu de travail, canadienne – une veste chaude, en laine ou en peau, fourrée – ou blouson pour les classes populaires.

Dans les travaux de Nicolas Herpin, ce sont encore plus nettement les contraintes du marché du travail qui expliquent les différences d'investissement et les pièces préférentiellement consommées : depuis les agriculteurs, qui sont les moins dépensiers pour s'habiller, en passant par les artisans, qui achètent bleus et tabliers de travail, les commerçant·es, qui investissent dans des chaussures (la nécessité de la station debout, qui explique également le faible achat de chaussures à talon des commerçantes) et les vêtements permettant de soigner leur apparence face à la clientèle, jusqu'aux chefs d'entreprise et professions libérales qui s'habillent chèrement, en « notables » – et qui dépensent beaucoup pour les « dessous » également, à la différence des autres catégories[1].

Fondés sur des catégories statistiques peu détaillées, ces travaux analysent les vêtements essentiellement en termes de volume : combien de vêtements possède-t-on ? Combien ont-ils coûté ?, etc. Or, entrer dans le détail des

1. Nicolas Herpin, « L'habillement, la classe sociale et la mode », *Économie et statistique*, 1986, n° 188. Cet article fait partie d'une série rédigée par l'auteur dans les années 1980 à partir de l'enquête « Habillement » de l'Insee.

pièces – quelle sorte de jean, quel survêtement, quel costume-cravate ? – permet davantage de finesse tant dans l'analyse des vêtements que dans celle des classes sociales, et les chapitres qui suivent, qui s'appuient sur les études statistiques mais aussi sur des matériaux récoltés qualitativement, permettront de le voir.

...mais les choix vestimentaires sont aussi modelés par des logiques de distinction : la « respectabilité »

Les analyses quantitatives fondatrices montrent aussi que les différences de position sociale ne sont pas seulement fonction des écarts de revenu ou des positions dans la division du travail. Pour reprendre à nouveau les mots de Bourdieu, le vêtement « touche à la symbolisation de la position sociale », comme on peut le voir en comparant ouvriers et employés : pour un revenu équivalent, les ouvriers dépensent plus pour l'alimentation, et moins pour les vêtements, que les employés.

> Chez les hommes (ouvriers), les dépenses pour le vêtement représentent 85,6 % de ce qu'elles sont chez les employés. Ils achètent à meilleur marché les mêmes vêtements [...] et surtout des vêtements différents : d'un côté, les vestes de cuir ou de simili et les canadiennes pour les trajets en mobylette dans les matins froids, de l'autre les manteaux qui rangent du côté de la respectabilité petite-bourgeoise ; ici les combinaisons, les salopettes ou les bleus de travail, là les blouses ou les tabliers, les vestes, les vestons et les blazers [1].

Dans les classes dominantes, les fractions de classe orientent aussi les consommations vestimentaires : les professions intellectuelles supérieures ont des dépenses

1. Pierre Bourdieu, *La distinction*, *op. cit.*, p. 458.

de présentation restreintes, les industriels et gros commerçants moyennes, tandis que les professions libérales ont des frais de présentation et de représentation qui dépassent de loin ceux de toutes les autres fractions.

La distinction le montre pour les vêtements comme pour d'autres consommations culturelles : la contrainte économique ne suffit pas à expliquer leur structuration, qui repose aussi sur des goûts et des dégoûts socialement construits et qui distinguent entre eux non seulement des classes, mais aussi des fractions de classe. Une position sociale, ce n'est pas que du revenu, ce n'est pas qu'une position dans la division du travail, ce sont des styles vestimentaires qui sont autant de « styles de vie ». Cette notion est un outil vraiment utile pour comprendre comment on s'habille à différents endroits de l'espace social et la façon dont les vêtements engagent des enjeux de distinction – qui mêlent des stratégies éventuellement conscientes de différenciation et des goûts et dégoûts incorporés et parfois tout à fait inconscients.

Un élément important de distinction entre groupes sociaux et même entre fractions de classe tient en effet à l'importance accordée à sa tenue vestimentaire et au soin affiché. N. Herpin notait déjà que les cadres de la fonction publique, qui ne sont pas portés à consacrer de l'argent à se vêtir, achètent moins de cravates et plus de pulls que la moyenne, dans une tenue de base qui fait peu de différence entre travail et vie privée[1]. Comme le montre Martine Court dans ce livre, ce sont les parents des classes supérieures cultivées qui rechignent le moins à faire porter à leurs enfants des habits déchirés ou de seconde main. Ainsi, dans de nombreux cas, les membres des classes moyennes et supérieures cultivées portent des

1. Nicolas Herpin, « L'habillement, la classe sociale et la mode », art. cité.

vêtements moins visiblement soignés que ceux des autres groupes sociaux, voire affichent ostensiblement un moindre investissement dans leur apparence, qui peut être condamné par les membres des classes populaires. Beverly Skeggs montrait ainsi, dans une enquête menée dans les années 1980-1990 en Angleterre, combien la « bohème » vestimentaire des jeunes gens des classes moyennes – qui, malgré tout leur argent, « sont hyper crades », ne savent pas s'habiller ou composer une tenue, manquent de « style » et semblent ne faire aucun « effort » – les assimilent à des débraillé·es au « look tout pourri » aux yeux des jeunes femmes de classes populaires[1]. Ce qui est vu comme crade et négligé peut au contraire être vécu comme un luxe et le cachet de l'excellence sociale : au même moment, en France, un grand bourgeois membre du Jockey Club parle avec admiration des « vêtements râpés » de ses comparses, habits vieux de vingt ans dont il célèbre la « coupe extraordinaire » et même l'usure, qui leur confère, tels des meubles anciens ou des œuvres d'art, une « patine »[2].

Pour comprendre les pratiques vestimentaires en termes de position sociale, il faut donc prendre en compte les divisions internes aux groupes qui sont autant d'aspirations et d'identifications ou de rejets des groupes voisins. Christelle Avril a analysé ainsi les écarts de tenues, et plus largement de styles de féminité, entre femmes qui partagent une même profession, celle d'aide à domicile[3] : celles qui viennent ou qui s'identifient aux petites classes moyennes indépendantes privilégient leur

1. Beverley Skeggs, *Des femmes respectables* [1997], trad. fr. M.-P. Pouly, Paris, Agone, 2015, chap. 5.
2. Michel Pinçon, Monique Pinçon-Charlot, *Dans les beaux quartiers*, Paris, Seuil, 1989, p. 77.
3. Christelle Avril, *Les aides à domicile. Un autre monde populaire*, Paris, La Dispute, 2014.

apparence et leur respectabilité dans l'espace local dans lequel elles circulent entre leurs différents lieux de travail et portent des chaussures à talons et des sacs à main ; tandis que celles qui sont issues des fractions les plus précaires des classes populaires privilégient la praticité des baskets et des sacs à dos pour faire face à l'activité physique intense que demande à toutes leur profession. En retour, Amélie Beaumont et Lise Bernard explorent dans cet ouvrage ce que leurs vêtements de travail font à celles et ceux qui exercent des métiers de présentation.

Vêtements et intersectionnalité : entre la classe et le genre

Dans les analyses citées précédemment, la lectrice avertie aura remarqué que les variations des pratiques vestimentaires selon le sexe sont bien présentes. C'était pourtant loin d'être le cas sur l'ensemble des objets investis par la sociologie au milieu du XXe siècle. On peut faire l'hypothèse que, là aussi, la force du sens commun sur les vêtements a influencé les sciences sociales : il semble tellement évident que les vêtements sont avant tout des accessoires féminins que même les plus purs partisans de la classe sociale comme variable explicative unique ne pouvaient l'ignorer.

À cela s'ajoute le fait que, pour peu qu'on l'inclue dans les explorations statistiques, l'effet du sexe apparaît massif[1]. Les pratiques vestimentaires sont en effet multiplement genrées : dans les dépenses vestimentaires (plus importantes chez les femmes, dans presque toutes les

1. À tel point que certains pouvaient être tentés d'enlever cette « variable » des modèles statistiques tant elle « écrasait » toutes les autres. Voir Olivier Roueff, « Les promesses intersectionnelles de l'homologie », mémoire d'HDR, université Paris-1, 2025.

catégories socioprofessionnelles, hier comme aujourd'hui[1]) ; dans les pièces ou les couleurs portées ; dans la plus ou moins grande légitimité du souci vestimentaire de soi ; dans l'intensité variable des attentes et des sanctions, etc.

Cette omniprésence du genre dans la détermination des pratiques vestimentaires a permis d'importantes avancées dans la manière de considérer cette « variable » dans l'analyse : non seulement en ne l'excluant pas, mais aussi en montrant sa variabilité historique et en réfléchissant à son articulation avec d'autres rapports sociaux de pouvoir.

La tenue n'est pas naturellement une affaire de femmes

S'il semble aujourd'hui évident que les hommes et les femmes s'habillent différemment, et que les secondes s'y consacrent davantage que les premiers, les historien·nes ont montré que cela n'a pas toujours été le cas – et donc ne va pas de soi. Durant une longue première période, l'indifférenciation prévaut : en Europe, hommes et femmes portent une robe longue de couleur foncée. Les premiers à faire de leur tenue une marque de leur statut social sont les hommes. Ainsi, à partir du milieu du XIVe siècle, la concurrence entre groupes sociaux se marque dans la quantité et la flamboyance des accessoires vestimentaires masculins[2]. Leur couleur rose est alors un marqueur de pouvoir, prisé par Henri IV.

1. Comme les dernières études de l'Insee étudient les dépenses par « famille », les écarts sexués ne sont pas mesurés. Mais pour les personnes seules, on sait qu'une femme consacre à l'habillement 2,5 points de plus de part de budget qu'un homme : « Fiches thématiques sur les biens et services pour la personne. Cinquante ans de consommation en France », Insee Références, 2009, p. 152-154.
2. Odile Blanc, *Parades et parures. L'invention du corps de mode à la fin du Moyen Âge*, Paris, Gallimard, 1997.

La Révolution française consacre dans un même mouvement l'égalité formelle entre les hommes et la différence des sexes. Elle supprime tous les règlements régissant le droit de porter telle ou telle tenue réservée à un corps de métier ou un rang de noblesse, mais les vêtements doivent en revanche être adaptés au sexe : l'interdiction du pantalon, sur laquelle revient Christine Bard dans ce livre, marque l'exclusion des femmes de la sphère citoyenne. S'il n'y a plus de règlement vestimentaire, la réalité sociologique des logiques de distinction entre groupes sociaux ne disparaît pas pour autant dans la France du XIXe siècle. Elle est désormais portée en priorité par les tenues des femmes, conçues comme un reflet du statut social de leur père ou de leur mari[1].

Genre et classe se combinent pour modeler les pratiques vestimentaires

Plus généralement, l'attention au genre et l'attention à la classe dans le façonnage des pratiques vestimentaires s'enrichissent mutuellement. On rencontre ici l'intersectionnalité, un concept sociologique utile pour comprendre que les positions sociales sont à l'entrecroisement des rapports de domination. Cela revient à ne pas pouvoir s'intéresser aux vêtements des cadres[2] ou des élu·es (comme le fait Frédérique Matonti dans cet ouvrage) sans se poser la question de leur déclinaison selon le genre ou, réciproquement, à chercher à spécifier les sortes de jupes portées par les femmes selon leur groupe professionnel.

---

1. Philippe Perrot, *Le travail des apparences ou Les transformations du corps féminin. XVIIIe-XIXe siècles*, Paris, Seuil, 1984.
2. Isabel Boni-Le Goff, « Des expert·e·s respectables ? Esthétique vestimentaire et production de la confiance », *Travail, genre et sociétés*, 2019, vol. 41, n° 1, p. 67-86.

Cet entrecroisement des rapports de pouvoir n'est pas absent des premiers travaux sur les vêtements. *La distinction* souligne ainsi le caractère plus marqué des différences de classe dans le cas des vêtements masculins (canadiennes *versus* manteaux longs) que dans celui des vêtements féminins : dans les garde-robes féminines, l'écart entre groupes sociaux est maximum pour les ensembles et les tailleurs, moindre pour les robes et surtout les jupes et les vestes qui peuvent se ressembler chez des femmes par ailleurs fort différentes socialement[1].

Réciproquement, ces travaux soulignent que l'écart entre tenues masculines et féminines varie selon les (fractions de) classes sociales. Ainsi, dans l'enquête de N. Herpin qui porte sur le début des années 1980, alors que les familles d'artisans comme de cadres d'entreprise dépensent autant pour leurs fils que pour leurs filles, les chefs d'entreprise et les professions libérales, malgré leurs revenus élevés, dépensent très peu pour les vêtements des enfants, et *a fortiori* des garçons (un fils de profession libérale coûte à peine plus en vêtements qu'un fils d'ouvrier)[2] – on verra dans le chapitre écrit par Martine Court que ce moindre investissement pour les enfants et que cette différence de traitement entre garçons et filles semble avoir disparu de l'ensemble des familles de classes moyennes et supérieures du pôle économique. Aujourd'hui, certains parents revendiquent d'habiller leur enfant de façon « neutre » malgré les rayons sexués des magasins. Ce qui en pratique revient souvent à mettre aux petites filles des vêtements codés comme masculins (jamais l'inverse) et ne dure guère au-delà des premiers

1. Ce moindre écart entre femmes qu'entre hommes de groupes sociaux différents est vrai de bien d'autres dimensions, corporelles (comme les espérances de vie) ou non (comme la réussite scolaire).
2. Nicolas Herpin, « L'habillement, la classe sociale et la mode », art. cité.

mois de vie[1]. Plus encore, cette prise de distance avec les normes vestimentaires sexuées se comprend mieux si on la replace dans son contexte de fraction de classe sociale : ce sont en effet surtout les membres des classes moyennes et supérieures relativement plus dotées en capital culturel qu'en capital économique qui la pratiquent.

Plus tard, dans l'adolescence, les pratiques vestimentaires genrées se différencient à nouveau selon la classe, et les styles vestimentaires continuent à manifester des conceptions situées de la masculinité et féminité : les jeunes issus des classes populaires renforcent le marquage de la différence des sexes par leur style vestimentaire (et dévalorisent par exemple le manque de virilité des garçons « skaters » aux cheveux longs) là où leurs homologues issus des classes moyennes et supérieures adoptent des styles vestimentaires qui s'opposent aux modèles traditionnels de genre (et moquent les féminités accentuées et la futilité de celles « qui se maquillent comme des pots de peinture »)[2]. Du côté parental, les mères encouragent (dans les classes populaires) ou retardent et contrôlent (dans les classes moyennes et supérieures) le port des dos nus, strings ou talons hauts chez les filles, qui peuvent être vus respectivement comme « mignons » ou vulgaires, voire comme l'indice de l'échec scolaire[3].

Des « loubards » aux « racailles »

On perçoit en particulier cet entrecroisement de la classe et du genre au sujet des tenues des hommes de

1. Catherine Rollet-Echalier *et al.*, « Préparer la naissance : une affaire de genre », *Revue des politiques sociales et familiales*, 2014, vol. 116, n° 1, p. 5-14.
2. Aurélia Mardon, « Sociabilités et travail de l'apparence au collège », *Ethnologie française*, 2010, vol. 40, n°1, p. 39-48.
3. Aurélia Mardon, « La génération Lolita. Stratégies de contrôle et de contournement », *Réseaux*, 2011, vol. 4, n° 168-169, p. 111-132.

classes populaires. Pendant longtemps, la « prétention » en matière vestimentaire a constitué un double interdit pour eux : « La soumission à des exigences perçues comme à la fois féminines et bourgeoises apparaît comme l'indice d'un double reniement de la virilité[1]. »

Ce refus des contraintes et des conventions en matière vestimentaire se retrouve chez les « loubards » des années 1980 avec leur style qui mêle jeans, perfecto et santiags (« jeans plutôt que pantalons, blousons plutôt que vestons, baskets ou bottes plutôt que chaussures de ville »). Ils s'opposent en cela à d'autres jeunes hommes plus attentifs à leur apparence, d'un côté le « genre rupin », « minet », « playboy » et de l'autre le « genre intello », « babacool », « hippy »[2].

Aujourd'hui, les jeunes de classes populaires qui provoquent une réprobation équivalente des parents des classes moyennes et supérieures[3], et d'une partie de leurs pairs, sont les « racailles ». Ainsi, pour les collégiens des années 2010 scolarisés dans un établissement situé au cœur d'une cité HLM de la banlieue parisienne et fréquenté par des élèves d'origine populaire et moyenne[4], issus notamment de familles immigrées, la norme vestimentaire dominante est une tenue « à l'américaine », inspirée par le rap : jeans ou pantalons *baggy*, associés à des t-shirts ou à des sweats très larges ; marques de vêtements Nike, TN, Adidas, Sergio Tachini, Puma ; cheveux

1. Pierre Bourdieu, *La distinction*, *op. cit.*, p. 444.
2. Claude Fossé-Poliak, Gérard Mauger, « Les loubards », *Actes de la recherche en sciences sociales*, 1983, n° 50, p. 49-68.
3. Martine Court, Christine Mennesson, « Les vêtements des garçons », *Terrains & travaux*, 2015, vol. 27, n° 2, p. 41-58.
4. Aurélia Mardon, Zaihia Zeroulou, « "Blédard" et "fashion victim". Du bon usage de la mode chez des adolescents d'un quartier populaire », *Hommes et migrations*, 2015, n° 1310, p. 101-108.

courts, voire rasés entièrement ou partiellement à la tondeuse (à l'exception de quelques garçons de familles africaines dont les cheveux sont nattés ou tressés), casquettes, capuches.

Ici, l'attention à la tenue vestimentaire est ainsi largement partagée par les deux sexes (les tenues des filles sont elles aussi inspirées de l'univers de la musique rap et R'n'B : vêtements près du corps et pulls cintrés, auxquels s'ajoutent progressivement, avec l'âge, du maquillage et des bijoux), les marques prisées par les jeunes hommes étant même plus coûteuses. Le refus de la prétention vestimentaire des jeunes hommes populaires est aujourd'hui le fait des jeunes ruraux qui identifient les urbains comme ceux qui « s'habillent comme des racailles[1] ». Isabelle Clair montre en particulier les logiques de distinction croisées qui organisent les rapports aux soins de l'apparence et au goût pour les vêtements : signes de virilité en banlieue populaire, ils sont rejetés par les jeunes hommes ruraux, quand, au contraire, les jeunes bourgeois s'approprient cette apparence de « racaille » comme une performance de masculinité[2].

On le voit à partir de ces exemples, malgré un relatif vide dans les travaux sur les vêtements entre les années 1960 et aujourd'hui, l'attention conjointe au genre et à la classe des travaux fondateurs permet de les faire dialoguer avec les approches intersectionnelles contemporaines, qui intègrent également pour leur part d'autres rapports sociaux (race, âge, urbain/rural…), comme le montrent aussi les chapitres de cet ouvrage.

---

1. Julian Devaux, « L'adolescence à l'épreuve de la différenciation sociale. Une analyse de l'évolution des manières d'habiter de jeunes ruraux avec l'âge », *Sociologie*, 2015, vol. 6, n° 4, p. 339-358.
2. Isabelle Clair, « "La Racaille". A Performed Figure in French Contemporary Youth », *Ethnography*, 2021 [en ligne : https://doi.org/10.1177/14661381211038534].

Les vêtements et les corps : pour une sociologie des vêtements portés

Cette éclipse des travaux sur les vêtements provient peut-être d'un effacement du vêtement derrière le corps, qui serait devenu « lui-même », « plus que les symboles sociaux de la richesse et de l'autorité » que peuvent être les vêtements, le « support de la distinction sociale » [1]. Peut-être aussi parce que les dépenses ont été détournées des vêtements vers les soins apportés au corps [2], la sociologie des corps et des inégalités corporelles de la fin du XXe siècle et du début du XXIe s'est plutôt penchée sur les matérialités et les conformations corporelles – les corps gros, maigres, anorexiques, obèses, stigmatisés, légitimes, dominants, leurs états de santé ou les activités physiques et régimes auxquels ils sont soumis… – que sur les vêtements qui les recouvrent. C'est donc sur le corps lui-même que s'est porté le regard intersectionnel, qui a par exemple fait apparaître que les différences de corpulence selon la classe sociale étaient bien plus accusées pour les femmes que pour les hommes, ou que les états de santé et les espérances de vie distinguaient dramatiquement les hommes ouvriers des hommes cadres là où ils opposent moins les ouvrières aux femmes cadres.

S'il était en effet nécessaire d'aller chercher le monde social au plus profond du corps, il est cependant dommage que cela se soit fait au détriment d'une attention systématique et sociologiquement organisée aux vêtements. En dénudant les corps, la sociologie a en partie tourné le dos aux vêtements, et cet ouvrage vise au

1. Pierre Bourdieu, Yvette Delsaut, « Le couturier et sa griffe : contribution à une théorie de la magie », *Actes de la recherche en sciences sociales*, 1975, n° 1, p. 34.
2. Pauline Beck, Philippe Serre, « Depuis 1960, la part des vêtements se réduit, au profit des soins de beauté », *Insee Première*, 2017, n° 1628.

contraire à les considérer avec attention. Toutefois, il ne faudrait pas pour autant tomber dans l'excès inverse : regarder les vêtements en oubliant les corps, les différences sociales de conformation et d'*hexis*, ou encore les inégalités sociales de santé et de poids. Un même tee-shirt ou un même jean ne signifie pas la même chose et ne constitue pas le même vêtement sur des corps différents. C'est en fait la dissociation des sociologies des corps et des vêtements qui est à combattre, et une sociologie des corps habillés, ou des vêtements portés, qui reste encore largement à construire et que les chapitres qui suivent ébauchent.

Dans ce livre, nous commencerons par remonter le temps pour suivre le fil d'une histoire politique du pantalon, avant de retourner en enfance pour y observer les variations vestimentaires. Nous en viendrons ensuite à nous demander comment, plus tard dans le cycle de vie, on s'habille pour travailler, avant de finir par l'examen d'un cas particulier d'habits de travail, ceux d'une femme politique connue. Chemin faisant, nous rencontrerons maintes formes des habits du social : ceux avec lesquels le social nous habille, mais aussi ceux avec lesquels nous l'habillons, en le couvrant et en le révélant tout à la fois.

Pour une histoire politique du pantalon

Christine Bard

Il y a bien des manières de traiter l'histoire du vêtement, qui se prête bien à une histoire totale : économique, sociale, anthropologique, esthétique, symbolique[1]... Notre approche, inspirée par les études sur le genre et l'histoire des féminismes, relèvera, s'il faut la classer, d'une « nouvelle histoire politique de la culture matérielle[2] ». Nouvelle dans le sens où elle s'attache surtout aux significations variées associées à un objet, saisi dans les différentes traces qu'il laisse. Parmi ces traces, les textes et images à caractère politique sont particulièrement nombreux. Notre lecture, loin de forcer les sources, emprunte une avenue qu'elles ont elles-mêmes tracée, ne serait-ce qu'avec les lois et réglementations somptuaires. Nouvelle histoire politique dans le sens où elle veut prendre en compte différentes instances productrices de sens politique : État, gouvernements, mais aussi collectivités mouvantes, informelles ou organisées (le féminisme

1. Nicole Pellegrin, « Le vêtement comme fait social total », *in* Christophe Charles (dir.), *Histoire sociale, histoire globale ?*, Paris, Éditions de l'EHESS, 1993, p. 81-94.
2. Cet article synthétise (autant que possible) mon livre *Une histoire politique du pantalon*, Paris, Seuil, 2010, rééd. Points, 2014. Il a d'abord paru en anglais : « Le pantalon », *in* Alison M. Moore (dir.), *Sexing Political Culture in the History of France*, Amherst, Cambria Press, 2012, p. 75-95. (La date de parution de l'article explique l'absence de certains travaux parus postérieurement. Les notes d'actualisation ont été volontairement limitées.)

passera par ces deux états), parfois centrales (sans-culottes de l'an II), marginales (les féministes de 1848), contre-culturelles (saint-simoniens), jusqu'aux individus qui peuvent briller d'un éclat unique, et à la récupération affadie dans la culture de masse de quelques signes à caractère vaguement politique. Nouvelle parce qu'elle veut intégrer les opinions féministes et antiféministes, bref les positionnements par rapport au genre que l'histoire politique traditionnelle ignore. Le choix de traiter le sujet de 1789 à nos jours permet d'inscrire également plus facilement le pantalon dans une longue durée politique et d'observer ainsi une alternance d'avancées et de reculs des libertés publiques souvent significatives quant au statut des femmes. Des séquences politico-vestimentaires se dégagent et mettent en évidence le grand tournant des années 1960-1970.

Successeur de la culotte, le pantalon symbolise la masculinité et, partant, le pouvoir, comme en témoignent les dictons – « porter la culotte », « qui culotte a, pouvoir a » – ainsi que les représentations iconographiques des « disputes de la culotte » mettant en scène des couples se querellant – la femme, dans une inversion des rôles, cherchant à s'approprier le pouvoir à travers ce symbole phallique. Au cours de la Révolution, il se dote d'une signification plus précise encore en incarnant les valeurs républicaines. Le pantalon devient alors un élément fort du nouvel ordre vestimentaire qui veut rompre avec l'Ancien Régime (et la compétition esthétique entre hommes). Du côté des hommes, on passe brutalement de la couleur au noir, mais l'Ancien Régime continue pour les femmes qui n'accèdent pas sur le plan vestimentaire, pas plus que dans la réalité juridique et sociale, à la liberté, à l'égalité et à la fraternité. Enfermées dans une altérité féminine, elles sont exclues. Privées de droits.

Assignées à résidence dans leur genre : il leur est interdit de porter le pantalon. Rien de tel qu'un interdit pour susciter le désir... comme va le montrer la suite de cette histoire. Le pantalon, surchargé de fantasmes, va accompagner toutes les transgressions qui jalonnent la route de l'émancipation des femmes.

Le pantalon citoyen

D'où vient le pantalon ? Le nom vient des Vénitiens, appelés *pantaloni* (du nom de leur patron, saint Pantaléon), qui introduisirent les premiers ces drôles de culottes longues et les exportèrent avec le bouffon de la *commedia dell'arte*[1]. À la fin du XVIIIe siècle, on a encore quelques difficultés à décrire ce genre de vêtement. Marat en 1790 parle encore de « longue culotte sans pieds[2] ». C'est par antiphrase – « sans culottes » – que le pantalon entre dans le vocabulaire de l'époque révolutionnaire. Le pantalon semble donc s'imposer récemment en Occident. En réalité, c'est un vêtement ancien, connu sous d'autres noms dans le Nord de l'Europe. Il protégeait du froid les cavaliers. Les Gaulois portaient des braies, interprétées comme un signe de barbarie par les Romains... Les hommes du peuple continueront de porter des culottes longues pour travailler la terre. Les origines du pantalon renvoient à un large éventail de positions dominées : vêtement de vaincus, de pauvres, de paysans, de marins, d'enfant, de bouffon, d'intellectuel débraillé, et, toujours, vêtement masculin.

1. Voir Farid Chenoune, *Des modes et des hommes. Deux siècles d'élégance masculine*, Paris, Flammarion, 1993.
2. Cité par Nicole Pellegrin, « Pantalon », *Les vêtements de la liberté. Abécédaire des pratiques vestimentaires françaises de 1780 à 1800*, Aix-en-Provence, Alinéa, 1989, p. 138.

La transition de la culotte au pantalon se prépare au siècle des Lumières. Les « libéraux » du XVIIIe siècle sont sensibles à l'influence anglaise : une mise plus simple, sans ostentation à la française, adaptée au mode de vie des aristocrates, friands d'activités de plein air, sur leurs terres. Dans les milieux privilégiés, et même à la cour du roi de France, la crise de l'étiquette, la mode du négligé, la recherche d'une simplicité toute roturière semblent annoncer la grande Révolution. D'autres pays que la France connaissent ces transformations politico-vestimentaires : la guerre d'Indépendance américaine s'accompagne d'une mode « à la Franklin » qui supprime la perruque et habille les hommes simplement, en habit sombre.

Le 20 juin 1792, un porteur de pique grimpé sur le toit des Tuileries agite ses culottes en guise de drapeau, face à la foule. Les « sans-culottes », petits artisans des sections parisiennes et des comités révolutionnaires, adoptent le pantalon, le bonnet rouge, la cocarde et la veste rouge des sections marseillaises, la carmagnole[1]. Le pantalon devient drapeau, en dépit de ses origines puisqu'il vient de la classe indigente et que le mot « sans-culotte » est avant tout un terme injurieux, ordurier, aux connotations sexuelles et scatologiques. Exploitant ce filon, la caricature anglaise déculotte les révolutionnaires et les engagés dans les armées (prendre une déculottée, c'est subir une défaite). Le pantalon, porteur des valeurs républicaines, incluant la citoyenneté et la défense de la « patrie en danger », est d'emblée masculin : les mentions de « femmes sans-culottes » sont quasi inexistantes. Or

1. Sara Melzer, Kathryn Norberg (dir.), *From the Royal to the Republican Body. Incorporating the Political in Seventeenth and Eighteenth-Century France*, Berkeley, University of California Press, 1998.

le nouveau vêtement se généralise rapidement. Dans les années 1820, tous les hommes portent le pantalon à quelques exceptions près, dans les fonctions de Justice et d'Église notamment. Les fastes aristocratiques ne survivent plus que dans certains uniformes, derniers supports de la parade masculine. Seuls les dandys perturbent ce paysage par un raffinement perçu comme féminin. Dans ce passage d'un ancien à un nouveau régime vestimentaire, le pantalon a acquis de nouvelles significations. Il devient le marqueur du genre le plus important, un véritable emblème de la virilité ; il exprime l'ordre bourgeois et patriarcal qui se met en place ; il symbolise à sa manière le « grand renoncement » des hommes en noir à la fête des couleurs et des formes[1].

L'impossible pantalon des femmes

Depuis l'Antiquité, la différenciation des apparences selon le sexe est une loi fondamentale sur laquelle les autorités politiques et religieuses veillent. Il est écrit dans la Bible (*Deutéronome*, XXII, 5) : « Une femme ne portera pas un costume masculin et un homme ne mettra pas un vêtement de femme, quiconque agit ainsi est une abomination à Yahvé, ton Dieu. » La confusion des sexes fait partie des grandes peurs de l'Occident ; à la fin du Moyen Âge, elle est perçue comme une annonce de la fin du monde. L'Ancien Régime fait respecter la loi de Moïse, qui peut toutefois supporter quelques accommodements comme le révèle la révision du procès de Jeanne d'Arc, qui reconnaît que la pucelle a remis l'habit masculin en

1. John Carl Flügel, *Le rêveur nu. De la parure vestimentaire* [1933], trad. Paris, Aubier, 1982, et John Harvey, *Men in Black*, trad. fr. *Des hommes en noir. Du costume masculin à travers les siècles*, Paris, Abbeville, 1998.

prison à la suite d'une tentative de viol (1431). Il existe d'ailleurs des saintes travesties, comme Thècle, Pélagie, Marina, Marguerite, Marine, Eugénie, Wilgeforte[1]... Il n'en demeure pas moins que le travestissement ressortit au « crime de faux », gravement puni, jusqu'à la peine de mort parfois[2].

L'homme s'avilit en endossant l'habit correspondant à un statut inférieur au sien, la femme au contraire grimpe dans la hiérarchie et peut en tirer de multiples bénéfices. Les femmes habillées en homme veulent surtout échapper à une famille hostile et à la misère ; certaines sont soldates, d'autres prostituées (ainsi vêtues elles peuvent plus facilement s'introduire dans les lieux masculins telles les casernes), d'autres assignées femmes à la naissance endossent un rôle social masculin auprès d'une ou de plusieurs femmes. Le carnaval et le charivari autorisent une inversion temporaire des rôles et des tenues, de même que le théâtre et la littérature, où le scénario de la conquête amoureuse sous déguisement est banal[3]. Les émeutes ou l'espionnage sont d'autres terrains d'aventures travesties, mais plutôt pour les hommes.

Le proverbe prévient d'un danger : « l'habit ne fait pas le moine », les apparences peuvent tromper, or elles « font » le sexe. La différenciation vestimentaire selon le sexe sous l'Ancien Régime est très forte : vêtement fermé pour les hommes, ouvert pour les femmes. Inventé au XVIIe siècle, l'uniforme militaire, qui annonce à sa manière l'uniformisation masculine, est réservé aux hommes. Les

1. *Clio. Histoire, femmes et sociétés*, novembre 1999, n° 10.
2. Sylvie Steinberg, *La confusion des sexes. Le travestissement de la Renaissance à la Révolution*, Paris, Fayard, 2001, et Rudolf Dekker, Lotte Van de Pol, *The Tradition of Female Transvestism in Modern Europe*, New York, St Martin's Press, 1989.
3. Voir Guyonne Leduc (dir.), *Travestissement féminin et liberté(s)*, Paris, L'Harmattan, 2006.

silhouettes ne peuvent être confondues : les femmes portent une robe longue, associée à la décence depuis que le concile de Trente l'a imposée aux ecclésiastiques, tandis que les hommes montrent leurs jambes. À la cour, la magnificence des vêtements n'a pas de sexe. La raideur, accentuée pour les femmes (des villes) en raison du corps baleiné qu'elles portent sous leur chemise, caractérise le vêtement au royaume de France ; elle est source de contestation à l'époque des Lumières qui envisagent aussi la liberté sur le plan corporel.

La mode de l'époque révolutionnaire concrétise cette aspiration et symbolise les valeurs de la nouvelle société : la simplicité, le naturel, l'égalité, la vertu, le patriotisme... Pendant un moment, les femmes ne porteront plus le corset, tandis qu'une certaine masculinisation vestimentaire sera possible. La féministe Théroigne de Méricourt (1762-1817), qui revendique le droit des femmes à défendre leur patrie, porte un habit d'amazone (grande jupe à taille serrée, corsage étroit et soutaché, jabot en dentelle, nœud de cheveux, chapeau)[1]. Les rapports entre les sexes changent, mais l'abolition des privilèges ne met pas fin à la domination masculine. Les femmes n'accèderont pas au pantalon. L'interdiction du travestissement est reprise par la loi du 29 octobre 1793. La liberté du vêtement est proclamée, certes, mais dans le respect de la différence des sexes. La fin de l'épisode révolutionnaire consacre une extrême différenciation.

En 1800, alors que commencent les travaux préparatoires au Code civil, une ordonnance de police interdit aux femmes le vêtement masculin. Le pantalon ne réfléchit pas seulement l'ordre social, il le crée, permettant, notamment, la surveillance des individus. Le vêtement a

1. Nicole Pellegrin, *Les vêtements de la liberté...*, *op. cit.*, p. 13.

parmi ses différentes fonctions, celle de permettre une lecture immédiate de l'identité en créant deux classes de sexe. Le meilleur exemple est sans doute celui des ouvrières qui ne peuvent travailler dans les ateliers masculins où, pour un travail identique, elles pourraient doubler leurs gains : des femmes passant pour hommes grâce à leurs habits sont parfois signalées dans ces ateliers. Le pantalon peut être le prélude à l'usurpation d'identité, que l'ordonnance de 1800 cherche à combattre (elle dit viser celles qui ont la « volonté coupable d'abuser de leur travestissement »). Il entre dans le dispositif de sauvegarde des privilèges masculins. Pour s'en convaincre, il suffit de mesurer son extrême récurrence dans les écrits et les images antiféministes. La femme en pantalon prend les traits de la féministe, la femme en politique (révolutionnaire de 1848 notamment), la combattante (« pétroleuse » de la Commune), la tribade (accusée de nier la différence des sexes), la femme de lettres (avec pseudonyme masculin), l'aventurière (exploratrice), l'espionne en milieu masculin…

Le pantalon à l'heure des utopies

La première contestation publique de l'ordre social créé/révélé par le vêtement vient des milieux socialistes. Dans les années 1830, les socialistes utopistes français réfléchissent à l'influence du vêtement sur le comportement. Ils inventent un costume saint-simonien, mais ne conçoivent pas l'équivalent pour la « femme libre ». Les représentations de saint-simoniennes en pantalon sont toutes l'œuvre de caricaturistes qui ont voulu se moquer de l'originalité des pratiques de la « secte » et notamment de son « immoralisme ». Montrant un costume de scène destiné à une pièce de théâtre anti-saint-simonienne, la gravure de Louis Maleuvre datée de 1832 est la plus connue. Elle montre une jeune femme en pantalon blanc, bouffant, bordé de dentelles, à l'image de ceux que portent les filles, une tenue à la fois infantilisante et masculinisante. Elle pose une main confiante sur l'œuvre de Saint-Simon dont les disciples élaborent à partir de 1829 une véritable théorie féministe, alors que le mot est encore inexistant. Le père Enfantin entend réhabiliter la chair et préparer l'avènement de la femme-messie : « Je crois à une prochaine régénération du genre humain par l'Égalité de l'homme et de la femme », écrit-il[1]. Ce mouvement attire des centaines de femmes éprises de liberté et de justice sociale tout en restant fidèles aux conventions vestimentaires de leur sexe.

C'est aux États-Unis que le pantalon pour les femmes apparaît vraiment pour la première fois, à l'initiative de réformateurs du costume qui imaginent une tenue comportant un pantalon porté sous une jupe courte (au niveau du genou) : une solution pratique pour lutter contre l'influence de la mode et apporter aux femmes le bien-être physique et spirituel[2]. Les promoteurs de la réforme sont très divers : hygiénistes, perfectionnistes, mormons, adventistes du septième jour, médiums, féministes, dames de la haute société ou encore voyageuses, aventurières... Ils trouvent la possibilité de concrétiser leurs projets dans les communautés utopiques qui se donnent en exemples pour la société tout entière.

Loin de la capitale dépravée, un homme, Robert Owen, veut mettre les femmes en pantalon. Il est venu d'Écosse pour créer une nouvelle société fondée sur des

1. Susan K. Grogan, *French Socialism and Sexual Difference. Women and the New Society, 1803-1844*, Londres, Macmillan, 1992.
2. Gayle V. Fischer, *Pantaloons and Power. Nineteenth-Century Dress Reform in the United States*, Kent (Ohio), Kent University Press, 2001.

idées « humanitaires » et socialistes et s'installe dans l'Indiana. L'expérience de New Harmony dure de 1825 à 1827. L'égalité voulue par Owen s'applique dans l'alimentation, le logement, l'éducation et aussi l'habillement, perçu comme un élément de distinction, de compétition ainsi que comme une dépense inutile. Les femmes de la communauté avec leur manteau jusqu'au genou et leur pantalon qui ressemble au vêtement des fillettes, ont une allure « extravagante » qu'elles ne semblent pas apprécier. Cette expérience fondatrice charge le pantalon du symbole de l'égalité des sexes. Cependant, il ne détruit pas les distinctions de genre, n'ouvre pas de nouvelles opportunités économiques pour les femmes et ne change rien à l'idéologie régissant les rapports de sexes. Il n'y a rien de libérateur en soi dans le pantalon. Tout vêtement peut enfermer celle ou celui qui le porte.

Owen ayant été accusé de prôner l'amour libre, le pantalon owenien est contaminé par cette connotation libertine. Il n'est pas imité et ne sort pas des limites de la communauté. Il apparaît plus tard, en 1848, dans la communauté fondée à Oneida, dans l'État de New York, par John Humphrey Noyes : *The Perfectionist Society*. Cette nouvelle expérience montre que le pantalon n'est pas intrinsèquement radical : le nouveau costume doit permettre de rompre avec le monde séculier, susciter l'éveil spirituel, purger les femmes de leurs désirs vaniteux. Avec leurs cheveux courts et leurs pantalons, les femmes perfectionnistes paraissent plus jeunes (plus vierges ?). Officiellement, il s'agit de protéger l'homme de ses désirs sexuels et de contrôler les femmes, ce qui n'est pas forcément contradictoire avec la morale sexuelle libérale de cette communauté qui autorise la contraception par le retrait masculin. Il n'est pas question d'habiller les hommes de la même manière : la différence des sexes est maintenue.

Le féminisme et la « femme en culottes »

En France, rien de tel. La masculinisation du costume féminin est surtout associée au féminisme : George Sand (1804-1876) incarne cette rébellion, ainsi que d'autres femmes de lettres et artistes qui, parfois, utilisent également un pseudonyme masculin. Les femmes de 1848 actives dans les clubs et pétitionnant pour leurs droits civiques sont elles aussi représentées par des caricaturistes vêtues de pantalons, et participant à la garde nationale, notamment dans la série « Les Vésuviennes », d'Édouard de Beaumont.

C'est à nouveau des États-Unis que vient la proposition d'un pantalon féministe qui porte le nom de sa créatrice. En 1850, la New-Yorkaise Amelia Bloomer propose un costume féminin rationnel. C'est la première fois que le pantalon est utilisé comme une arme politique, pour défier la domination masculine. Son invention va inspirer les caricaturistes à travers l'Europe. Ils représentent surtout l'inversion des rôles. Le bloomer est doublement dénoncé comme licencieux et masculinisant. Licencieux, il est associé à la facilitation du divorce et à l'amour libre. Masculinisant, associé au cigare, il est renommé pantalon (en français dans le texte) « *à la masculine* ». À l'occasion, les caricaturistes comparent les femmes masculinisées de diverses nationalités et notent la différence entre le style américain et le style français de costume. Les Françaises changent le vêtement de la partie supérieure du corps, les Américaines celui du bas. Le pantalon reste un tabou suprême pour les Françaises.

Seule la féministe Jeanne Deroin (1805-1894), réfugiée en Angleterre à cette époque, prend la plume pour soutenir l'initiative des « intrépides » Américaines.

À Paris, capitale mondiale de la mode féminine, accusée de tous les péchés par l'Amérique puritaine, la différenciation des apparences selon le sexe s'est accentuée : les femmes des milieux privilégiés portent la crinoline, le corset, alors que les hommes de la bourgeoisie portent un costume simple et austère. Ils semblent renoncer à la mode – dès lors confondue avec la féminité – et à l'érotisation de leurs apparences. L'attachement des femmes au costume féminin doit être situé dans ce contexte. La plupart des femmes féministes aiment et valorisent la différence vestimentaire. Ainsi, Maria Deraismes (1828-1894), cofondatrice, avec le franc-maçon Léon Richer, du mouvement féministe républicain en France, se dit rebutée par l'« odieuse et triste uniformité des hommes » et charmée par « nos jolies étoffes claires, brillantes, vivaces »[1]. Elle repousse toute perspective de masculinisation.

Dans la génération suivante, Hubertine Auclert (1848-1914) est plus nuancée. À l'origine de la radicalisation des luttes féministes, elle donne une interprétation politique à l'évolution majeure impulsée par la Révolution : « Les hommes libres ont uniformisé leur costume simple ; celles qui rêvent de devenir leurs égales ne peuvent prétendre conserver les artifices d'esclaves, le luxe anti-égalitaire qui ne s'acquiert qu'au détriment de la liberté[2]. »

Madeleine Pelletier (1874-1939) analyse de manière plus radicale la différenciation des genres et estime qu'il

1. Maria Deraismes, « Les femmes en culottes », *L'Écho de Paris*, 13 décembre 1891.
2. Hubertine Auclert, « La robe », *Le Radical*, 26 décembre 1899.

convient de l'abolir. Elle revendique le port du costume masculin « qui dit aux hommes, je suis ton égale ». C'est un parcours étonnant que celui de la doctoresse Madeleine Pelletier, née dans la misère à Paris, première femme admise à passer l'internat des asiles d'aliénés, engagée dans de nombreux combats, militante d'une extrême gauche oscillant entre anarchisme et socialisme révolutionnaire, apôtre du féminisme « intégral », combats qu'elle mène aussi en écrivant de nombreux ouvrages... « Ah que ne suis-je un homme ! Mon sexe est le grand malheur de ma vie », soupire-t-elle dans le secret d'une correspondance avec une autre féministe « intégrale », Arria Ly[1]. La virilisation des femmes est marginale sur le plan politique. Elle heurte de front un imaginaire de la différence des sexes où la femme en pantalon est une véritable menace : la force de ce rejet de la masculinisation est telle que les féministes l'intériorisent totalement : féministe oui, mais féminine... disent-elles.

Que recherchent les femmes qui s'habillent en hommes ? Comme Julie Wheelwright l'a bien montré, elles sont à la recherche du bonheur, de la liberté, mais aussi d'aventure[2]. Le pantalon n'est pas simplement « pratique », notion éminemment fluctuante, et dépendantes de multiples variables d'appréciation. Il offre aussi aux audacieuses la protection du vêtement fermé. Au XIXe siècle, le vêtement féminin est ouvert, et d'autant plus ouvert qu'il est porté sans dessous, ou avec des culottes ouvertes (longtemps, « pantalon féminin » signifia « culotte de dessous »[3]). Au début du XXe siècle, le

1. Voir Madeleine Pelletier, *Mémoires d'une féministe intégrale*, édition critique par Christine Bard, Paris, Gallimard, « Folio », 2024. Madeleine Pelletier a envisagé un changement d'identité de genre et y a renoncé peu avant 1914.
2. Julie Wheelwright, *Amazons and Military Maids. Women who Dressed as Men in Pursuit of Life, Liberty and Happiness*, Pandora, 1989.
3. *Voir* Farid Chenoune, *Les dessous de la féminité. Un siècle de lingerie*, Paris, Assouline, 1998.

passage aux culottes fermées marque une étape importante, quoique discrète, de l'émancipation féminine, en donnant le sentiment d'une plus grande maîtrise corporelle, et partant, d'une plus grande confiance en soi. La mode du début du XXe siècle – y compris la mode sportive, déterminante pour notre sujet – va légitimer les dessous fermés, sorte de masculinisation intime qui en prépare d'autres. La figure de la garçonne, fille illégitime des féministes, triomphe dans les années 1920. Comme l'indique le mot « garçonne », popularisé par un homme, Victor Margueritte (1866-1942), le référent de cette nouvelle « identité féminine » est masculin. La jeune fille « moderne » agit « comme un homme ». Elle profite de la même liberté de mœurs et chérit son autonomie individuelle. Elle porte des tailleurs qui effacent ses courbes ; ses cheveux sont courts ; elle conduit des bolides et fume en public. Cette image de mode exploitée par les romanciers reflète pour une part des évolutions réelles. Il est cependant excessif d'y voir un triomphe de la virilisation des femmes. C'est pourtant bien ce que beaucoup d'auteurs antiféministes ont voulu faire en condamnant la garçonne, virilisée et donc contre-nature, victime de l'émancipation des femmes. Rien de bien surprenant. En revanche, les féministes – à de très rares exceptions près – condamnent, elles aussi, la garçonne. Les cris d'horreur provoqués par les atteintes à la « féminité » méritent que l'on explore des raisons plus profondes encore, sans doute la crainte d'une déstabilisation de l'ordre hétérosexuel. Les codes de la féminité se confondent en effet avec les codes de la séduction hétérosexuelle. La remise en question de ces codes renvoie donc presque automatiquement à ce que l'on appelle alors l'« inversion sexuelle ». Or cette transgression est spontanément perçue comme « féministe ». La lesbophobie, source d'inspiration antiféministe, est aussi une source de gêne pour les féministes.

Au XXe siècle, un mouvement de légitimation du pantalon

Le pantalon devient, au XXe siècle, un vêtement mixte. Sa légitimité pour les femmes se construit à partir de multiples influences, qui s'encouragent réciproquement. Il est impossible de dire laquelle a prédominé, mais on peut affirmer que la convergence des différents facteurs a eu un effet émancipateur. L'influence du féminisme a déjà été soulignée, car l'interrogation des normes genrées est surtout le fait des plus militantes ou des théoriciennes les plus radicales. Simone de Beauvoir dans *Le deuxième sexe* (1949) saisit bien l'enjeu politique du pantalon. « Rien n'est moins naturel que de s'habiller en femme ; sans doute le vêtement masculin est-il artifice lui aussi, mais il est plus commode et plus simple, il est fait pour favoriser l'action au lieu de l'entraver ; George Sand, Isabelle Eberhardt portaient des costumes d'hommes ; Thyde Monnier dans son dernier livre dit sa prédilection pour le port du pantalon ; toute femme active aime les talons plats, les étoffes robustes[1]. » Les anomalies, les monstres, les viragos d'hier deviennent des modèles, des pionnières, des visionnaires... Une relecture féministe de l'histoire commence.

Ce parfum politique du pantalon féminin est aussi une source d'inspiration pour les courants modernistes de la mode. Paul Poiret est le premier à réviser la silhouette en

1. Simone de Beauvoir, *Le deuxième sexe* [1949], Paris, Folio, t. 2, 1986, p. 215 (chapitre : « La lesbienne »). Thyde Monnier (1887-1967), écrivaine provençale, féministe, publie le début de ses mémoires, *Moi*, en 1949.

supprimant le corset sur ses modèles, en proposant des jupes culottes, en osant même quelques modèles en culottes et accessoires masculins. Dans les années 1920, la garçonne met l'androgynie à la mode : cheveux courts, silhouette filiforme... Pourtant, elle reste timide avec l'audacieux vêtement fermé, encore peu présent dans l'offre des maisons de couture. Il peut s'agir d'un pyjama, de divers pantalons de sport (pour le ski notamment) et, à la fin de la décennie, du pantalon de plage, fluide et élégant. Le costume masculin est toutefois porté dans certaines circonstances, dans certains milieux (les boîtes de nuit lesbiennes, par exemple) et il est définitivement anobli par l'usage qu'en ont les stars androgynes des années 1930 : Garbo, Dietrich, Hepburn [1]. Le smoking devient glamour. Les perceptions esthétiques et morales changent, mais le pantalon ne s'impose pas encore. Il est associé au travail manuel : des cartes postales du début du siècle le montrent sur des femmes exerçant des métiers traditionnels (bergères, pêcheuses d'huîtres) ou nouveaux (charpentière), ou temporaires (munitionnettes). Les guerres réduisent la différence vestimentaire : une morale de circonstance produit alors une allure plus stricte, moins frivole pour les femmes, et met l'uniforme (des militaires, des infirmières) à la mode. En plein essor, l'hygiénisme, qui se donne pour mission d'améliorer la « race », crée un climat propice au développement du pantalon, ou d'autres vêtements fermés pour les femmes. Le corset disparaît. Les activités physiques et sportives provoquent d'intenses discussions sur le costume, sa décence... qui aboutissent à l'adoption du short et au pantalon. L'influence américaine, après la Libération,

1. Christine Bard, *Les garçonnes. Modes et fantasmes des Années folles*, Paris, Flammarion, 1998, rééd. Autrement, 2021.

joue un rôle décisif. Alors que la France exporte le « new look » de Dior, reféminisant, les États-Unis exportent leurs jeans pour les deux sexes, ainsi que la notion de « leisure wear ». Brigitte Bardot arborant des corsaires pendant l'été 1959 apporte la preuve ultime d'une acculturation réussie... Dès 1965, on vend en France plus de pantalons que de jupes. On peut encore toutefois croiser des femmes âgées qui n'ont jamais porté un pantalon de leur vie et qui trouvent que le pantalon féminin a un mauvais genre, sans pouvoir vraiment en dire plus. Dans la jeunesse des années 1960, la minijupe accompagne le succès du pantalon, dans la rue, mais aussi dans les défilés de mode : le vêtement bifide convient bien au futurisme de Courrèges ; l'ambiguïté du genre du pantalon inspire Yves Saint-Laurent[1]. Enfin, l'événement décisif est politique : c'est Mai 68. Pour les étudiantes, Mai 68, c'est aussi porter un jean, c'est transgresser la règle qui leur interdisait le pantalon à l'école, et c'est pouvoir courir le plus vite possible lorsque les CRS chargent ! Pendant quelques années encore, le pantalon sera, dans certains milieux, audacieux, anticonformiste : en 1976, il ne passe pas inaperçu sur le corps sportif et séduisant de la nouvelle ministre des Universités, Alice Saunier-Seïté. En 1980, une députée communiste est refoulée de l'Hémicycle, les huissiers s'étant arrogé le droit d'interdire le pantalon... La victoire du pantalon n'a été possible qu'au prix d'une féminisation de ce vêtement, très rarement unisexe. Son acceptabilité découle de sa resignification symbolique (modernité, activités féminines) ainsi que de la création d'une différence formelle avec le pantalon masculin (tissu, couleur, coupe). C'est exactement

1. Voir Laurence Benaïm, *Le pantalon, une histoire en marche*, Paris, Les Éditions de l'Amateur, 1999.

le même processus de resignification/féminisation que l'on observe lorsque des femmes pénètrent dans des domaines masculins, en politique ou dans l'univers professionnel.

Une ordonnance tombée en désuétude

Au début du XXe siècle, l'interdiction pour les femmes de s'habiller en homme reste dans le code de police, mais on croit l'ordonnance de 1800 tombée en désuétude. C'est pourquoi la championne Violette Morris se sent en droit, en 1930, de porter plainte contre la fédération féminine sportive de France qui veut, entre autres, lui interdire de porter le pantalon. Ce procès très médiatisé oppose d'une part l'avocat de la plaignante, qui trouve que le pantalon, c'est « l'avenir », le vêtement de la femme moderne, et de l'autre, les avocates féministes de la fédération qui s'appuient sur l'interdiction de 1800 pour contrer les critiques faites au sport féminin accusé de viriliser les jeunes filles ! Violette Morris perd son procès. Entre les lignes, dans les récits des journaux, la transgression des normes sexuelles que symbolise le pantalon est suggérée : Violette Morris est une « butch » notoire, c'est aussi sa conduite sexuelle qui est réprouvée par une fédération soucieuse de changer l'image de marque du sport féminin. La défaite de la sportive, à l'aube des années 1930, annonce à sa manière le grand tournant conservateur qui précède la Seconde Guerre mondiale.

Si l'ordonnance tombe plus ou moins dans l'oubli, des règlements interdisent encore le pantalon au sexe féminin. Dans les écoles, son port n'est autorisé sur sous une jupe lors des grands froids de l'hiver. Dans les lieux de culte, il est malvenu. Des curés s'arrogent le droit de refuser la communion. Dans beaucoup d'entreprises, la tenue féminine, qui peut être un uniforme, est composée obligatoirement d'une jupe. L'assouplissement et dans certains cas la disparition de cet interdit découlent de Mai 68. La jupe obligatoire est emportée par la grande vague contestataire, le refus des normes « bourgeoises », du conformisme, de l'uniformité.

En 1969, l'ordonnance de 1800 resurgit dans le débat politique : Bernard Lafay, conseiller de Paris, adresse au préfet de police, Maurice Grimaud, une question au sujet de la « modernisation » de cette réglementation et feint de s'inquiéter de la « menace » qui continue de « planer sur de nombreuses femmes qui ne sauraient invoquer les exigences de la mode pour se disculper devant l'autorité, car les foudres de l'adage "nul n'est censé ignorer la loi" réduiraient à coup sûr au silence les canons de l'esthétique vestimentaire »[1]. Mais un autre conseiller, lui aussi de droite, proteste contre cette « galante » proposition car en vieil habitué des théâtres, il veut maintenir une autre interdiction, celle des chapeaux féminins dans les salles, pour préserver le champ de vision des spectateurs. Le préfet de police répond qu'il estime donc « sage de ne pas changer des textes auxquels ses variations prévisibles ou imprévisibles de la mode peuvent à tout moment rendre leur actualité ». Interrogé en 2008 sur ses motivations, Maurice Grimaud se défend de tout antiféminisme, lui qui s'est efforcé au contraire d'ouvrir aux femmes certains concours. Hormis sa nette préférence pour les femmes en jupe, il pense que son refus était surtout dicté par l'antipathie que lui inspirait Bernard Lafay[2].

1. *Bulletin municipal officiel de la Ville de Paris*, 38 mars 1969. Puis, sur la suite de l'affaire : 3 avril 1969 et 20 juin 1969.
2. Lettre de Maurice Grimaud à Christine Bard, 20 octobre 2008.

L'affaire rebondit en 2004 alors que tout le monde, à l'exception de quelques féru·es d'histoire, a oublié l'existence de cette ordonnance. Jean-Yves Hugon, député de l'Indre où George Sand aurait obtenu son autorisation de travestissement, demande à l'occasion du 8 Mars l'abrogation de la « loi » de 1800. Cet élu de droite a choisi la journée internationale des droits des femmes pour demander au Premier ministre « de mettre en conformité notre Droit avec une pratique incontestée et incontestable des femmes [1] ». Il avait d'abord tenté de convaincre Nicole Ameline, ministre déléguée à la Parité et à l'Égalité professionnelle, qui lui avait répondu « qu'il ne lui paraissait pas opportun de prendre l'initiative d'une telle mesure dont la portée serait purement symbolique », ajoutant : « Pour adapter le droit à l'évolution des mœurs, la désuétude est parfois plus efficace que l'intervention [2]. » L'insuccès politique de cette demande n'est pas un échec médiatique. En plein débat sur le voile islamique, le rappel de cet interdit vestimentaire ne passe pas inaperçu, jusque dans le monde arabo-musulman. Enfin, des jeunes, sur les forums de discussion, échangent sur cette question, qui dérive vite sur le droit des hommes à porter la jupe.

1. Dépêche AFP, 7 mars 2004.
2. Cette réponse a été largement citée dans la presse, par exemple dans *Le Courrier de l'Ouest* du 6 mars 2004 (« Les femmes n'ont toujours pas le droit de porter la culotte ») ou dans *Ouest-France*, le 8 mars 2004 (« Autorisons enfin le pantalon aux femmes »). En 2013, Najat Vallaud-Belkacem, ministre des Droits des femmes, abroge l'ordonnance de 1800 : « Pour mémoire, cette ordonnance visait avant tout à limiter l'accès des femmes à certaines fonctions ou métiers en les empêchant de se parer à l'image des hommes. Cette ordonnance est incompatible avec les principes d'égalité entre les femmes et les hommes qui sont inscrits dans la Constitution et les engagements européens de la France, notamment le Préambule de la Constitution de 1946, l'article 1er de la Constitution et la Convention européenne des droits de l'homme. De cette incompatibilité découle l'abrogation implicite de l'ordonnance du 7 novembre qui est donc dépourvue de tout effet juridique et ne constitue qu'une pièce d'archives conservée comme telle par la préfecture de police de Paris. »

La question de la jupe : nouvel enjeu de genre

Pour les jeunes filles, le pantalon protecteur (jogging, pantalon large) revient en force au début du XXIe siècle. Comme le chante la « reine du rap français », Diam's (née en 1980), dans l'album le plus vendu en France en 2006 : « Dans ma bulle, le romantisme a pris une gifle, / les actrices de films X sont devenues des artistes. / Dans ma bulle, on critique les femmes en jupe, / Mais t'as pas besoin d'venir d'la Zup / pour te faire traiter de pute. » Sur le site internet de Ni putes ni soumises, on peut lire ces mots : « Moi j'ai envie d'être féminine sans qu'on me prenne pour une pute. » L'association née en 2003 après un féminicide brise le silence sur les violences sexistes. Dans le département de Seine-Saint-Denis, près d'une jeune fille sur trois déclare avoir subi des violences physiques dans les douze derniers mois. Une sur huit des violences sexuelles. C'est ce qu'établit une enquête de 2005 auprès de 1 600 jeunes filles âgées de 18 à 21 ans résidant ou exerçant leurs activités dans le « 93 ».

Le recours au pantalon protecteur est aujourd'hui loin d'être limité aux populations les plus précarisées par les inégalités sociales et le racisme. Il s'est généralisé dans les collèges et les lycées où la jupe est devenue l'exception. Au point qu'en 2006, dans un lycée agricole catholique non loin de Rennes, un groupe d'élèves a pris l'initiative d'une « journée de la jupe et du respect » qui a reçu un accueil médiatique très favorable et pourrait faire tache d'huile[1].

Jupe ou pantalon ? Si le choix n'est pas aussi libre qu'on le croit pour les filles et les femmes, il est inexistant

1. Brigitte Chevet, « Jupe ou pantalon ? », 2007, 52 min., France 3, 27 octobre 2007. Voir Christine Bard, *Ce que soulève la jupe. Identités, transgressions, résistances*, Paris, Autrement, 2010.

pour les garçons et les hommes : la jupe reste un monopole féminin.

La jupe pour hommes est apparue au cours des années 1980 dans un contexte particulier de sortie du placard pour les homosexuels. Jean-Paul Gaultier, jeune couturier talentueux, « lance » la jupe pour hommes en 1985. « Trafiquer l'identité des vêtements mène tout droit dans l'œil du cyclone de la mode contemporaine : la tension entre le genre masculin et le genre féminin », écrit l'historien de la mode Farid Chenoune[1]. Cette création, incontestablement dans l'air du temps, fait sa réputation, mais ne se vend pas. Sa touche « gay » effraie les « straight » sans rallier les gays qui, pour beaucoup, reprennent les codes les plus stéréotypés de la virilité.

Depuis quelques années, un mouvement à la fois militant et commercial/consommateur se développe, en faveur de la jupe masculine. Internet a relié des isolés. Les États-Unis sont, une fois de plus, pionniers de cette tendance aujourd'hui mondialisée. Retenons deux aspects de l'argumentaire militant : l'hétérosexualisation de la jupe masculine (dont les promoteurs actuels soulignent leur banalité sociale : mariés, provinciaux, avec enfants, etc.) et le modèle à suivre que représente le mouvement féministe, grâce auquel les femmes sont (seraient) désormais libres de choisir le vêtement ouvert ou fermé.

Aujourd'hui, une femme en pantalon, portant des cheveux courts et des chaussures plates, sans maquillage ni bijoux, n'est plus perçue comme « travestie ». Les vêtements autrefois masculins étant devenus unisexes, les drag kings doivent, pour se viriliser, chercher des costumes marquants fortement la masculinité et arborer

1. Farid Chenoune, *Jean-Paul Gaultier*, Paris, Assouline, 2005, p. 10.

moustaches ou barbes, postiches ou authentiques[1]. En revanche, les hommes qui portent des talons hauts, une robe ou une jupe restent des travestis. On ne peut que constater la dissymétrie : un homme qui s'habille de manière féminine devient objet plus que sujet, tandis qu'une femme qui s'habille de manière masculine s'affirme comme sujet. Elle endosse la panoplie du pouvoir. Que la gamme des possibles se soit élargie pour les femmes au point de faire éclater la catégorie du travestissement permet de mesurer le chemin parcouru. Mais nous ne sommes pas parvenu·es à l'équivalence. La jupe pour hommes, en devenant une mode véritablement suivie, servirait sans aucun doute la cause de l'égalité des sexes et montrerait que son modèle sous-jacent n'est pas forcément un modèle masculin[2].

1. Jack Halberstam, *Female Masculinity*, Durham/Londres, Duke University Press, 1998.
2. Depuis les années 2010, l'essor de diverses pratiques transgenres dans un contexte d'affirmation militante transidentitaire modifie notre regard sur cette histoire. L'aspiration au neutre (une mode neutre sur le plan du genre) est exprimée. Voir Christine Bard, « Faire et défaire les marques vestimentaires du genre », *in* Christine Bard, Frédérique Le Nan (dir.), *Dire le genre. Avec les mots, avec le corps*, Paris, CNRS Éditions, 2019, p. 171-196.

L'habillement pendant l'enfance : des distinctions de classe précoces

Martine Court

D'un point de vue historique, le vêtement enfantin est une invention récente. Contre l'évidence que constitue aujourd'hui le fait d'habiller les enfants différemment des grandes personnes, les travaux des historien·nes ont montré que cette différence n'a pas toujours existé. Au Moyen Âge, les enfants étaient, dès le démaillottage, vêtus comme les femmes et les hommes adultes de leur condition sociale, et si une certaine particularisation du costume enfantin apparaît au XVIe siècle, en lien avec l'émergence d'un nouveau sentiment de l'enfance, elle reste d'une portée limitée puisqu'elle ne s'observe que dans la noblesse et ne concerne, pour l'essentiel, que les garçons. En réalité, c'est seulement depuis le début du XXe siècle que la garde-robe des enfants se différencie véritablement de celle des adultes. À partir des années 1920, la dynamique du capitalisme industriel conduit les entreprises de la confection à mettre sur le marché une nouvelle mode spécifiquement dédiée aux enfants, et le vêtement devient alors un marqueur visible d'appartenance à ce groupe.

Depuis une vingtaine d'années, de nombreux travaux consacrés à l'habillement des enfants ont analysé cette pratique sous l'angle de l'âge[1]. Ils ont montré que les choix faits par les parents quand ils habillent leurs enfants sont contraints par un ensemble de normes qui, à chaque moment de l'enfance (la naissance, la prime enfance, l'enfance, la préadolescence), prescrivent des couleurs, des pièces ou des motifs particuliers, et en proscrivent d'autres. Ils ont également montré que ces choix faits par les adultes, et les tensions qui existent parfois avec leurs enfants à ce sujet, trouvent souvent leur fondement dans des enjeux liés à l'âge. Alors que beaucoup d'enfants souhaitent pouvoir porter des tenues qui les affilient à la classe d'âge postérieure – en particulier à la fin de l'enfance quand l'entrée dans l'adolescence se profile –, la plupart des parents cherchent au contraire à affilier leurs enfants à la classe d'âge qui est la leur, et à les distinguer par leurs tenues vestimentaires de celle à laquelle ils n'appartiennent pas encore.

Dans le même temps, nombre de travaux se sont également intéressés à l'habillement des enfants sous l'angle du genre[2]. Ils ont montré que les tenues enfantines se caractérisent par un dimorphisme sexuel analogue à celui qui s'observe chez les adultes. Même si le vestiaire enfantin comprend aujourd'hui nombre de pièces mixtes, l'habillement des filles et des garçons est néanmoins encore soumis à des codes de genre précis, et les tenues des unes et des autres restent largement différenciées, y compris dans les milieux sociaux où les parents ont pourtant un rapport critique à ces codes. Plusieurs de ces travaux ont par ailleurs mis en évidence que l'habillement

1. Voir par exemple Aurélia Mardon, « La génération Lolita. Stratégies de contrôle et de contournement », *Réseaux*, 2011, n° 4, p. 111-132.
2. Voir notamment Élizabeth Fischer, « Robe et culottes courtes : l'habit fait-il le sexe ? », *in* Anne Dafflon-Novelle (dir.), *Filles et garçons. Socialisation différenciée ?*, Grenoble, PUG, 2006, p. 241-266 ; Olivia Samuel, Sara Brachet, Carole Brugeilles, Anne Paillet, Agnès Pélage, Catherine Rollet, « Préparer la naissance : une affaire de genre », *Politiques sociales et familiales*, 2014, n° 116, p. 5-14.

enfantin contribue à l'apprentissage du genre. Ils ont montré que les vêtements féminins ont une fonction d'embellissement plus marquée que les vêtements masculins et qu'ils contribuent par conséquent à apprendre plus et plus tôt aux filles qu'aux garçons qu'il est important de plaire par l'apparence. Ils ont également montré que les vêtements des unes et des autres participent à l'intériorisation d'habitudes corporelles différentes[1]. Alors que la jupe, la robe, les talons ou le sac à main restreignent la mobilité du corps et induisent des postures particulièrement contrôlées, le pantalon, le survêtement et les baskets autorisent au contraire le mouvement et rendent possible une certaine décontraction corporelle. De même, alors que les vêtements des filles, souvent salissants et fragiles, constituent une entrave aux jeux physiques et aux activités d'extérieur, ceux des garçons autorisent largement ces pratiques grâce à leurs couleurs sombres, à la solidité de leur tissu et à la simplicité de leur confection.

L'analyse sociologique de l'habillement enfantin ne s'épuise cependant pas dans l'étude de ces déterminants liés à l'âge et au genre. Lorsque les parents habillent leur enfant, leurs choix sont également liés à des enjeux de classe et de distinction sociale. Dans la littérature sociologique, ces enjeux de distinction ont été bien étudiés du côté des adultes, mais ils ont en revanche donné lieu à peu d'analyses du côté des enfants. Parmi les auteurs qui ont théorisé la question de la distinction sociale, Thorstein Veblen est l'un des rares à avoir prêté attention à ces derniers. Dans son étude de la classe de loisirs à la fin du XIXe siècle, il avance en effet que les enfants sont,

1. Karin Martin, « Becoming a Gendered Body. Practices of Preschools », *American Sociological Review*, 1998, n° 4, p. 494-511.

comme les femmes et les domestiques, des « instruments de la consommation ostentatoire ». Quoiqu'ils soient largement dépourvus des moyens matériels de consommer, ils sont partie prenante dans la « rivalité pécuniaire » qui se joue entre les adultes au sein de la société dans laquelle ils grandissent. À travers les différentes dépenses dont ils font l'objet, et notamment à travers les dépenses vestimentaires, ils donnent à voir la richesse et la puissance du « maître de maison » [1].

Dans la continuité de cette piste d'analyse (que Thorstein Veblen a lui-même peu développée), ce chapitre souhaite montrer comment l'habillement des enfants contribue aujourd'hui à la construction des hiérarchies symboliques entre les classes. Après une brève mise en perspective historique décrivant comment le lien entre habillement enfantin et appartenances de classe a évolué au XXe siècle, il montre que les choix faits par les parents lorsqu'ils habillent leurs enfants sont liés au désir, pas nécessairement conscient, d'affirmer la position qu'ils occupent dans l'espace social, et de les distinguer des classes ou des fractions de classe avec lesquelles ils ne veulent pas qu'ils soient confondus.

Les analyses présentées dans ce chapitre s'appuient principalement sur deux enquêtes collectives consacrées à la construction des différences de classe pendant l'enfance, qui portaient, pour la première, sur des enfants scolarisés en CM2 entre 2010 et 2012, et pour la seconde, sur des enfants inscrits en grande section de maternelle entre 2015 et 2017. Dans tous les cas, ces enquêtes ont été réalisées auprès de familles appartenant

1. Thorstein Veblen, « The Economic Theory of Woman's Dress », *The Popular Science Monthly*, 1894, n° 1, p. 198-205.

à des milieux sociaux différenciés. Des entretiens approfondis ont été conduits avec les mères (plus rarement avec les pères), qui visaient, entre autres choses, à appréhender leurs pratiques et leurs goûts en ce qui concerne l'habillement de leurs enfants. Dans la plupart de ces familles, les enfants ont également été rencontrés à leur domicile et/ou observés dans leur école, ce qui a permis de faire à plusieurs reprises des relevés de leurs tenues vestimentaires.

Une démocratisation relative de l'habillement enfantin au XXe siècle

Jusqu'au début du XXe siècle, l'habillement des enfants est, comme celui des adultes, un marqueur de classe important. Dans l'entre-deux-guerres encore, le costume marin, la jupe écossaise, les souliers vernis et les bottines des enfants de la bourgeoisie s'opposent à la blouse et aux sabots (ou aux pieds nus) des enfants d'ouvriers et de paysans. Dans les classes aisées, l'habillement des enfants doit donner à voir le statut social de la famille et il revêt souvent une dimension ostentatoire dès le plus jeune âge (les luxueuses robes en soie dont on pare les nouveau-nés pour leur baptême en attestent). Dans les familles populaires, les vêtements représentent en revanche des biens rares et coûteux. Confectionnés ou tricotés au sein de la famille, ils passent des aînés aux cadets et sont régulièrement rapiécés pour durer le plus longtemps possible (dans les foyers les plus pauvres, notamment les foyers immigrés, ils sont en outre couramment récupérés auprès d'organismes charitables ou de particuliers, et par conséquent usagés ou démodés). Comme ceux des adultes, les vêtements des enfants doivent avant tout être chauds et solides, et à l'exception des habits du dimanche, leur fonction de représentation est secondaire.

Depuis la Seconde Guerre mondiale, plusieurs changements sont intervenus dans les sociétés occidentales qui ont contribué à réduire ces différences vestimentaires liées à l'origine sociale. À partir des années 1950 (dès les années 1920 aux États-Unis), le développement du prêt-à-porter enfantin rend les vêtements de confection plus accessibles, et les mères de tous les milieux sociaux se mettent progressivement à acheter les tenues de leurs enfants dans le commerce plutôt que de les faire elles-mêmes (ou de les faire faire). L'industrie de l'habillement développe au même moment une mode enfantine de masse dans laquelle les éléments les plus visibles de distinction sociale (matières, pièces ou styles) disparaissent ou s'estompent. Les tenues des enfants deviennent ainsi moins différenciatrices, et elles signalent désormais l'âge de ceux qui les portent autant sinon plus que le statut social de leurs parents[1]. Dans les décennies d'après-guerre, les relations au sein de la famille connaissent par ailleurs des changements profonds qui ont eux aussi des conséquences sur l'habillement des enfants. Les pratiques éducatives fondées sur l'autorité sont en effet progressivement disqualifiées au profit de pratiques fondées sur la négociation, et les adultes commencent à davantage prendre en compte les désirs de leur progéniture dans le domaine vestimentaire. Dès lors, l'influence des parents sur l'habillement des enfants s'affaiblit, tandis que celle des pairs et des industries culturelles de masse augmente,

1. Sur ces évolutions, voir Daniel T. Cook, *The Commodification of Childhood. The Children's Clothing Industry and the Rise of the Child Consumer*, Durham, Duke University Press, 2004.

et cette transformation contribue à son tour à une certaine homogénéisation des tenues enfantines.

En dépit de ces évolutions, l'habillement des enfants n'a toutefois pas perdu de son pouvoir de différenciation sociale. Chez les enfants comme chez les adultes, la tenue vestimentaire reste aujourd'hui encore un marqueur de classe significatif. Les choix que font les parents quand ils habillent leurs enfants sont toujours orientés par des logiques de distinction sociale puissantes, que les enquêtes permettent de mettre au jour de façon détaillée.

Affirmer (et éprouver) sa valeur sociale

Dans tous les milieux sociaux, ces choix trouvent d'abord leur principe dans le désir qu'ont les parents d'affirmer – et d'éprouver – ce qui fait leur valeur sociale à leurs yeux. De manière plus précise, ils procèdent d'un ensemble de *goûts* façonnés par ce désir. Les parents privilégient, parce qu'ils les apprécient, les tenues qui signalent les ressources économiques, culturelles ou morales dont ils sont (ou se pensent) particulièrement bien dotés [1].

Dans les classes moyennes et supérieures du pôle économique, où la réussite sociale se mesure pour une part importante au niveau de richesse matérielle, les mères attribuent souvent une valeur élevée à cette forme de capital, et elles prennent plaisir par conséquent à faire porter à leurs enfants des tenues qui signalent sa possession. Les filles comme les garçons disposent d'une garde-robe importante qui est renouvelée régulièrement. Ils

1. Les analyses développées dans cette partie sont présentées de façon plus détaillée dans Sarah Nicaise, Martine Court, Christine Mennesson, Emmanuelle Zolesio, « Le corps des inégalités : vêtements, santé et alimentation », *in* Bernard Lahire (dir.), *Enfances de classe. De l'inégalité parmi les enfants*, Paris, Seuil, 2019, p. 1137-1158. Elles portent sur des enfants de grande section de maternelle.

sont invités à se changer quotidiennement et à adapter leur tenue à différents contextes (l'école, les visites à la famille ou aux amis, les activités sportives, les fêtes ou les cérémonies). Les mères privilégient le neuf sur l'occasion et optent couramment pour des vêtements de marques coûteuses, qu'il s'agisse de marques sportives diffusées dans la grande distribution ou de marques plus difficiles d'accès parce que plus chères ou vendues dans un petit nombre de boutiques. Dans les familles les plus dotées économiquement, les tenues vestimentaires des enfants se caractérisent parfois par un luxe semblable à celui qui s'observe dans les tenues des adultes. Les mères n'hésitent pas à habiller leurs enfants avec des matières rares (lin, cachemire, cuir), et à acheter certains de leurs vêtements dans des boutiques ou des marques haut de gamme (par exemple Bonpoint ou Kenzo Kids).

Dans les classes moyennes et supérieures du pôle intellectuel, où le statut social du foyer repose davantage sur le capital culturel que sur le capital économique, les parents éprouvent souvent une certaine distance à l'égard des possessions matérielles, et sont enclins par conséquent à percevoir l'habillement comme une préoccupation secondaire, voire superficielle. Pour leurs filles comme pour leurs garçons, les mères récupèrent souvent des vêtements auprès d'ami·es ou de membres de la famille. Elles minimisent le temps passé à l'achat de ce type de biens et s'approvisionnent volontiers sur le marché de l'occasion ou dans des enseignes bon marché. Si elles ne sont pas insensibles aux qualités esthétiques des vêtements qu'elles achètent pour leurs enfants, elles privilégient néanmoins leur solidité, leur commodité et leur confort, et choisissent des tenues qu'elles qualifient de « sobres », « simples », « basiques » ou « neutres ». Ici aussi, ce goût pour la sobriété peut être mis en relation avec le désir des parents d'affirmer et d'éprouver ce qui fait leur valeur sociale à leurs yeux : une excellence culturelle qui se donne à voir dans le détachement à l'égard des choses matérielles.

Dans les classes populaires enfin, les choix vestimentaires faits pour les enfants obéissent de manière centrale à un souci d'économie – qui porte à limiter le nombre de pièces achetées, à privilégier les magasins bon marché, et souvent à récupérer et à faire durer –, mais ils trouvent également leur principe dans des logiques proprement symboliques. La première est une volonté de prouver et d'éprouver sa distance à la nécessité, qui se traduit par l'achat ponctuel de vêtements associés à la culture de masse enfantine et/ou de vêtements de marques, ces biens « modaux » permettant de « ne pas se distinguer » [1]. La seconde est un souci d'affirmer (et à nouveau d'éprouver) sa respectabilité, qui conduit à prêter une grande attention à la propreté et à l'aspect soigné des vêtements, au moins pour ceux qui sont portés en dehors de l'espace privé. Si les mères récupèrent souvent les vêtements de leurs enfants, elles veillent ainsi à ce que ceux-ci ne portent en public que ceux qui sont exempts de marques visibles d'usure. Observables avant tout dans les familles disposant d'une certaine stabilité matérielle, ces logiques symboliques peuvent également être repérées dans celles qui sont les moins dotées du point de vue économique. Même dans les ménages les plus précaires, où les enfants possèdent très peu de vêtements et arborent souvent des tenues de qualité médiocre ou mal adaptées à la météo, les parents ne cessent de prêter attention à l'apparence

1. Claude Grignon, Christiane Grignon, « Styles d'alimentation et goûts populaires », *Revue française de sociologie*, 1980, n° 4, p. 531-569.

vestimentaire de leurs enfants et travaillent en particulier à les maintenir propres[1].

Distinguer son enfant

À côté de cette logique d'affirmation du statut social de la famille, une seconde logique oriente également les choix que font les parents lorsqu'ils habillent leurs enfants : la volonté de marquer une différence entre eux et les enfants d'autres classes ou fractions de classe. Là aussi, cette « volonté » n'oriente cependant pas (ou pas nécessairement) les pratiques de manière directe et consciente, mais de manière indirecte et largement non consciente, par l'intermédiaire des catégories de perception. Dans le domaine de l'habillement comme dans d'autres, les luttes symboliques entre classes et fractions de classe sont au principe de *dégoûts* qui conduisent à mettre à distance les pratiques et les goûts des autres classes ou fractions de classe. En suivant les analyses proposées par Pierre Bourdieu dans *La distinction*, on peut distinguer en l'occurrence deux modalités de ce processus : d'une part, le rejet des pratiques associées aux catégories moins dotées en capital économique ou culturel – on peut parler ici d'une logique de distinction « verticale » ; d'autre part, la mise à distance des goûts des autres fractions de sa propre classe sociale – une logique de distinction que l'on peut qualifier d'« horizontale »[2].

1. Voir par exemple Claire Piluso, Marianne Woollven, « Libertad : la vie très précaire d'une petite fille rom », *in* Bernard Lahire (dir.), *Enfances de classe, op. cit.*, p. 103-147.
2. Cette partie reprend de manière synthétique les analyses développées dans Martine Court, « Des enfants distingués. Goûts vestimentaires et distinction sociale dans les familles de classes moyennes et supérieures », *Enfances, familles, générations*, 2018, n° 31, en ligne. Les enfants évoqués ici étaient en CM2 au moment de l'enquête.

Distinctions verticales

Pour saisir précisément les logiques de distinction verticale qui sont à l'œuvre dans l'habillement des enfants, il est fructueux d'opérer un bref détour par la sociologie de la culture. Dans ce domaine de la sociologie, de nombreux travaux réalisés depuis les années 1990 ont mis en évidence une certaine ouverture des classes moyennes et supérieures à des produits ou à des genres artistiques relevant de la culture populaire. Loin de limiter leurs goûts aux produits culturels légitimes et de rejeter uniformément ceux qui sont appréciés dans le bas de la hiérarchie sociale, les membres de ces classes se caractérisent aujourd'hui par leur « omnivorité » et par une « aptitude particulière à la transgression des frontières sociales et culturelles entre les genres » [1]. Cet « éclectisme » culturel ne signifie cependant pas que l'on assisterait à un déclin univoque des frontières symboliques entre les classes sociales. Dans différents domaines de pratiques (la musique, le cinéma, l'alimentation), l'« ouverture » des classes moyennes et supérieures reste en effet bornée par des aversions profondes à l'égard de pratiques situées dans le bas de l'échelle sociale.

Cette coexistence entre inclusion et mise à distance des pratiques associées à des strates sociales inférieures à la sienne se retrouve chez les parents de classes moyennes et supérieures en ce qui concerne l'habillement de leurs enfants [2]. Lorsqu'elles évoquent les choix qu'elles font

1. Philippe Coulangeon, « Classes sociales, pratiques culturelles et styles de vie : le modèle de la distinction est-il (vraiment) obsolète ? », *Sociologie et sociétés*, 2004, n° 1, p. 59-85.
2. Dans l'enquête dont il est question ici, ce processus a été étudié principalement dans les classes moyennes et supérieures. Cela ne signifie cependant pas que ces milieux sociaux ont le monopole de la distinction vestimentaire. Des formes spécifiques de dégoût du goût des autres – et notamment la mise à distance des plus pauvres que soi – existent aussi dans les milieux populaires et ils gagneraient à être davantage documentés dans de futurs travaux. Voir Richard Elliott, Clare Leonard, « Peer Pressure and Poverty. Exploring Fashion Brands and Consump-

dans ce domaine, la plupart des mères de ces milieux sociaux revendiquent ainsi des goûts « démocratiques ». Elles achètent une partie des vêtements de leurs enfants dans des magasins bon marché, voire dans des grandes surfaces, et affirment que les tenues acquises de cette façon n'ont rien de déshonorant à leurs yeux. Même celles qui habillent régulièrement leurs fils ou leurs filles avec des vêtements de marques coûteuses signalent que ce goût ne les conduit pas à rejeter les articles plus ordinaires et ne les empêche pas d'apprécier aussi des tenues plus simples. Dans la plupart des familles, l'affirmation de ces goûts « démocratiques » va cependant de pair avec l'expression de dégoûts profonds à l'égard de certains vêtements associés au bas de l'échelle sociale. Du côté des garçons, les parents rejettent massivement les pièces qui évoquent la culture de la rue : casquettes américaines, baskets aux couleurs vives, pantalons amples portés à mi-fesses sur un caleçon également de couleur vive ou chaîne à grosses mailles. Du côté des filles, ils expriment une aversion forte pour les vêtements qui évoquent la sexualité adulte – chaussures à talons, crop tops, strings, pantalons moulants ou boucles d'oreille de grande taille. Or si la mise à distance de ces vêtements et de ces accessoires traduit chez certains parents (et notamment chez certaines mères) un rapport critique aux normes de genre, elle procède aussi d'une recherche, non nécessairement consciente, de distinction sociale. Les tenues associées à la culture de la rue ou au vestiaire féminin adulte sont qualifiées par des termes qui évoquent de manière péjorative les classes populaires (« racaille », « cagole », « poufiasse »). Elles sont refusées non seulement parce

---

tion Symbolism among Children of the "British Poor" », *Journal of Consumer Behavior*, 2004, n° 4, p. 347-359.

qu'elles renvoient à des formes de féminité et de masculinité « accentuées », mais aussi et peut-être surtout parce qu'elles évoquent le bas de la hiérarchie sociale.

Cette aversion pour certains vêtements associés aux classes populaires ne doit pas conduire à penser que l'égalitarisme revendiqué par ces parents serait de pure façade. De manière significative, tous ceux qui rapportent des situations dans lesquelles ils ont été amenés à formuler ce type de jugements le font avec une certaine gêne et indiquent parfois de manière quasi explicite qu'ils perçoivent ces jugements comme peu légitimes. Plutôt que de voir dans les goûts démocratiques affichés par ces parents une stratégie de présentation de soi dissimulant (mal) des (dé)goûts vestimentaires en fait profondément élitistes, on doit plutôt y voir l'expression de dispositions plurielles, de la coexistence au sein des mêmes personnes de convictions égalitaristes et de dégoûts de classe puissants.

Distinctions horizontales

Outre cette aversion pour un certain nombre de tenues qui évoquent le bas de l'échelle sociale, les choix que font les mères quand elles habillent leurs enfants se caractérisent également souvent par une mise à distance – et parfois un rejet radical – des tenues associées aux autres fractions de leur propre classe. En reprenant à nouveau les analyses proposées dans *La distinction*, on peut avancer que cette forme spécifique de dégoût du goût des autres est le produit des luttes symboliques que mènent les différentes fractions de classe pour faire reconnaître la supériorité de leur style de vie. Dans des domaines aussi variés que l'art, le sport ou l'habillement, les membres de chacune de ces fractions de classe tendent à

« discréditer » les pratiques des autres fractions, ces « conflits sur l'art et l'art de vivre » ayant pour enjeu « l'imposition du principe de domination dominant [...] ou, dans un autre langage, l'obtention du taux de conversion le plus favorable pour l'espèce de capital dont on est le mieux pourvu » [1].

Dans les familles enquêtées, ces luttes de classements opposent d'abord la fraction économique des classes moyennes et supérieures à leur fraction culturelle. Les mères appartenant à la fraction économique critiquent ainsi volontiers les tenues enfantines qui témoignent de faibles investissements en temps et en argent. De leur point de vue, le port de vêtements mal assortis, mal ajustés à la taille de l'enfant, présentant des marques d'usure, ou manquant de « goût » parce qu'ils ont été choisis trop rapidement, n'est en aucune façon une conduite désirable témoignant d'un antimatérialisme distingué. Pour les filles comme pour les garçons, de telles tenues font au contraire figure de repoussoirs, en tant que signes d'un rapport négligé à l'apparence. De manière symétrique, les parents appartenant à la fraction culturelle des classes moyennes et supérieures stigmatisent volontiers les tenues qui reflètent des investissements élevés en temps et/ou en argent. Dans les entretiens, ils ironisent parfois sur certaines femmes de leur entourage qui ont un goût prononcé pour le shopping et qui renouvellent fréquemment la garde-robe de leurs enfants. Ils expriment également leur dédain pour les marques et pour ceux qui sont selon eux victimes de la « société de consommation ». Vouloir posséder des vêtements nombreux et coûteux est de leur point de vue le signe d'un matérialisme vulgaire qui constitue une antivaleur.

1. Pierre Bourdieu, *La distinction*, *op. cit.*, p. 356.

Dans les classes supérieures, ces luttes de classements opposent également les membres de la bourgeoisie établie et ceux dont l'appartenance à ce groupe est plus récente. Alors que les premiers jugent volontiers « vulgaires » les formes, les couleurs ou les motifs qui sont promus à un moment donné du temps par les industries culturelles de masse (au moment de l'enquête, il pouvait s'agir par exemple des imprimés tête-de-mort) et leur préfèrent les tenues « classiques » qui échappent précisément aux fluctuations de la mode, les seconds expriment au contraire leur aversion pour les marqueurs vestimentaires emblématiques de la bourgeoisie établie (par exemple les cols Claudine, les chemises ou la couleur bleu marine), qu'ils perçoivent comme tristes et guindés.

Conclusion

En sociologie, l'habillement des enfants a été peu étudié sous l'angle des rapports de classe. Les recherches sur l'enfance et l'adolescence ont surtout traité de cette pratique au prisme de l'âge et du genre. Les travaux sur la distinction sociale ont quant à eux fait une place importante à l'analyse de l'habillement, mais ils l'ont fait le plus souvent en se centrant uniquement sur les adultes. Les enquêtes évoquées dans ce chapitre montrent pourtant la pertinence de cette ligne d'analyse pour rendre compte des pratiques vestimentaires des enfants. Lorsqu'ils habillent leurs enfants, les parents ne cherchent pas seulement à les défendre contre les intempéries et à protéger leur pudeur : d'une manière qui n'est pas nécessairement consciente, ils travaillent également à marquer la position qu'ils occupent dans l'espace social. Ces enjeux de distinction sont sans doute d'autant plus importants aujourd'hui que la vie publique des enfants commence désormais très tôt. Pris en charge dès les premiers temps de leur existence par différents professionnels de l'enfance, la plupart des filles et des garçons qui grandissent en France à l'heure actuelle sont exposés de façon précoce au regard et aux jugements de personnes étrangères à leur famille – chez le médecin, à la crèche, à l'école, au centre de loisirs, au club de sport ou dans les familles de leurs copains – et le choix de leurs tenues revêt dès lors nécessairement une grande importance aux yeux de leurs parents.

S'habiller pour travailler

Amélie Beaumont et Lise Bernard

Si les goûts et les pratiques vestimentaires prennent racine dans l'enfance, ils se trouvent souvent par la suite affectés par les sphères professionnelles dans lesquelles s'insèrent les individus. Quelles normes entourent les habits portés au travail ? Que traduisent-ils des mondes professionnels dans lesquels ils s'inscrivent ? Quels effets ont-ils sur le rapport au corps des individus en dehors du travail ? Ce texte apporte des éléments de réponse à ces questions en se penchant principalement sur les métiers de présentation, dans lesquels le travail s'effectue sous le regard de client·es. Les vêtements professionnels de ces travailleurs et travailleuses permettent souvent de signaler leur appartenance à une entreprise, mais ils ont surtout pour but de plaire à leur clientèle, de gagner sa confiance ou de correspondre à ses attentes. Les tenues font ainsi l'objet d'une attention particulière car elles sont un des supports par lesquels des entreprises, ou les hommes et les femmes qui y travaillent, cherchent à modeler leur image pour mieux conquérir une clientèle. Ils et elles doivent ainsi souvent porter une tenue dite « habillée ». Nous soulignons d'abord que les vêtements de travail reflètent, voire renforcent, des normes et des hiérarchies professionnelles basées sur la classe et le genre. Nous montrons ensuite, à partir du cas des agentes et agents immobiliers et des employé·es de l'hôtellerie de luxe, comment les tenues de travail, imposées ou non, peuvent influer sur les rapports au corps de ces professionnel·les.

Les habits portés au travail, des révélateurs de normes et de hiérarchies professionnelles

Qu'ils soient ou non des uniformes réglementaires, les habits de travail ont des fonctions et des significations variées. Ils peuvent d'abord assurer un certain confort ou une protection, comme dans le cas des métiers du bâtiment, des militaires, des sapeurs-pompiers, ou encore de certains métiers artisanaux et de métiers de bouche. Ils peuvent également être un symbole d'autorité, de pouvoir ou de prestige, comme en témoignent notamment les tenues de travail des magistrat·es, des avocat·es ou de la police nationale ou municipale[1]. Dans nombre de métiers, ils contribuent à favoriser un sentiment d'appartenance à un groupe professionnel, comme à identifier ces groupes vis-à-vis de ceux qui n'en font pas partie. Les vêtements portés au travail viennent aussi signifier les hiérarchies professionnelles. La distinction entre « cols bleus » (désignant les ouvriers) et « cols blancs » (renvoyant notamment aux travailleurs et travailleuses de bureau et aux cadres) met bien en avant l'importance du vêtement pour caractériser la position dans la division du travail. Chez les cadres, les positions sociales et genrées s'incarnent dans la norme du costume pour les hommes et du tailleur pour les femmes. Ces tenues symbolisent le

1. Ginette Francequin, *Le vêtement de travail, une deuxième peau*, Paris, Érès, 2008.

prestige de leur position hiérarchique, comme elles soulignent leur distance aux tâches considérées comme physiques, propres aux métiers dits manuels. Si ce standard reste largement valable aujourd'hui, il est remis en question dans certains espaces professionnels : dans la Silicon Valley, par exemple, les travailleurs qualifiés des nouvelles technologies arborent jeans, tee-shirt et sweats à capuche. Ces pratiques vestimentaires, observables chez des travailleurs de niveaux hiérarchiques divers, sont une des expressions de la « normalité ostentatoire » qui caractérise cet univers professionnel, et qui ne laisse pas apparaître la sélectivité sociale et scolaire de ses membres[1]. Ces tenues ne concernent par ailleurs que les hommes et révèlent la norme de genre implicite au sein de ces carrières.

Les vêtements portés au travail traduisent en fait souvent des inégalités entre les hommes et les femmes. Au tournant des XIXe et XXe siècles, par exemple, alors que les tenues vestimentaires au travail faisaient l'objet d'une codification, les hommes bénéficiaient fréquemment, dans les établissements mixtes, d'une tenue complète de travail fournie par les entreprises, quand les femmes ne recevaient qu'un accessoire, signe de leur moindre reconnaissance professionnelle[2]. À la différence des hommes, les habits portés par les femmes sur les lieux de travail ne différaient ainsi que peu de leurs vêtements domestiques. Aujourd'hui, en dépit de la diffusion par les entreprises et les administrations de tenues de travail pour les femmes, des avancées de la mixité professionnelle et la disparition des distinctions légales entre métiers

1. Olivier Alexandre, « Une normalité ostentatoire. Ethos égalitaire et hiérarchies sociales dans la Silicon Valley », *Politix*, 2022, vol. 4, n° 140, p. 47-76.
2. Jérémie Brucker, « L'étoffe du travailleur. Genre et vêtement professionnel en France (années 1870-1920) », *Travail, genre et sociétés*, 2021, n° 46, p. 157-172.

d'hommes et métiers de femmes, les vêtements de travail demeurent influencés par des logiques de genre. S'ils peuvent parfois être utilisés comme des leviers de transformation des normes de genre dans la sphère professionnelle lorsque les femmes pénètrent dans des « bastions masculins »[1] (et cela dès la IIIe République avec l'entrée des femmes dans des professions prestigieuses[2]), ils viennent souvent renforcer ces dernières.

Dans les métiers de présentation, des codes plus ou moins explicites sont établis par les entreprises pour leurs employé·es, qui vont de simples consignes à l'imposition d'un uniforme complet. Quant à la sélection des vêtements de travail des non-salarié·es, qui peuvent sembler moins contraints, elle est aussi souvent régie par des logiques conformistes selon le secteur professionnel et le type de clientèle à laquelle ils et elles s'adressent. On peut repérer plusieurs stratégies de détermination des vêtements portés dans les métiers de présentation, modelées par le secteur, le genre ou la classe.

Une première consiste à faire des hommes et des femmes qui occupent ces emplois de véritables présentoirs de la marque vendue. On trouve cette stratégie principalement dans les secteurs qui concernent des produits portés par les individus, comme l'habillement, la chaussure, les accessoires, le maquillage… Dans le secteur de l'habillement par exemple, le corps des vendeurs et des vendeuses est utilisé par les entreprises comme un support pour mettre en valeur les produits de la marque : ils et elles sont bien souvent obligés de porter les vêtements

---

1. Geneviève Pruvost, *De la « sergote » à la femme flic. Une autre histoire de l'institution policière (1935-2005)*, Paris, La Découverte, 2008.
2. Juliette Rennes, « The French Republic and Women's Access to Professional Work. Issues and Controversies in France from the 1870s to the 1930s », *Gender and History*, 2011, vol. 23, n° 2, p. 341-366.

griffés du magasin où ils et elles travaillent[1]. Les salarié·es peuvent d'ailleurs à leur tour s'approprier cet impératif pour développer des stratégies de vente, en faisant étal de leur style pour permettre aux potentiel·les acheteurs et acheteuses de se projeter dans les vêtements et pour s'attacher, individuellement, une clientèle[2].

Un autre ensemble de stratégies consiste à utiliser les vêtements de travail pour montrer les corps – notamment ceux des femmes – pour mieux conquérir une clientèle. Le port obligatoire de la jupe et des talons pour nombre de femmes des métiers de présentation vise ainsi à convoquer des représentations autour de la féminité pensées comme efficaces pour susciter le désir et l'envie d'acheter des clients, imaginés eux au masculin. C'est ce qu'ont montré des recherches sur les hôtesses d'accueil[3] et sur les serveuses[4], expliquant comment leurs uniformes dévoilent stratégiquement leurs corps et contraignent leur démarche, tout en poussant ces femmes à investir, en argent et en temps, dans leur apparence physique pour correspondre aux standards édictés par leurs employeurs. Cette injonction à porter des tenues « féminines » se retrouve dans des métiers de présentation du haut de l'espace social, comme chez les conseillères en management, tout en pouvant entrer en tension avec le souci de paraître « professionnelle »[5].

1. Pascal Barbier, *Au bonheur des clients. Travail de la vente et rapports sociaux dans les grands magasins*, Rennes, PUR, 2019.
2. Henri Peretz, « Le vendeur, la vendeuse et leur cliente. Ethnographie du prêt-à-porter de luxe », *Revue française de sociologie*, 1992, vol. 33, n° 1, p. 49-72.
3. Gabrielle Schütz, *Jeunes, jolies et sous-traitées : les hôtesses d'accueil*, Paris, La Dispute, 2017.
4. Marie Mathieu, « La fabrication du corps des "hôtesses de table". Comment l'uniforme produit les classes de sexe dans la restauration », *Nouvelles questions féministes*, 2019, vol. 38, n°2, p. 16-33.
5. Isabel Boni-Le Goff, « Des expert·e·s respectables ? Esthétique vestimentaire et production de la confiance », *Travail, genre et sociétés*, 2017, n° 41, p.67-86.

Par ailleurs, une dernière stratégie vise à affilier, par le biais des vêtements de travail, des métiers à des groupes sociaux valorisés. Classiquement, l'adoption de costumes pour les hommes et de tailleurs pour les femmes dans de nombreux métiers de la vente a pour but d'ennoblir à la fois le produit vendu et la profession, à la crédibiliser en la rapprochant des métiers de cadre. Si ces stratégies d'affiliation s'appuient souvent sur les normes générales en vigueur dans le monde social, elles peuvent prendre des formes plus spécifiques selon les secteurs et l'impression que les marques veulent produire sur leur clientèle. Les esthéticiennes, par exemple, sont souvent en blouse blanche pour conférer à leur pratique la crédibilité du monde médical[1].

Ces différentes stratégies vestimentaires professionnelles, qu'elles proviennent des personnes qui emploient ou de celles qui travaillent, invitent à analyser les usages des habits de travail en situation et les manières dont les normes corporelles qu'ils charrient influencent le rapport au corps de celles et ceux qui les portent. À partir de deux recherches – une sur les agentes et agents immobiliers[2] et une sur les employé·es de l'hôtellerie de luxe[3] –, nous allons voir en quoi les vêtements portés au travail, qu'il s'agisse ou non d'uniformes réglementaires, peuvent, dans des métiers de présentation, transformer les représentations et les pratiques corporelles des individus.

1. Morgan Cochennec, « Le soin des apparences. L'univers professionnel de l'esthétique-cosmétique », *Actes de la recherche en sciences sociales*, 2004, vol. 4, n° 154, p. 80-91.
2. Lise Bernard, *La précarité en col blanc. Une enquête sur les agents immobiliers*, Paris, Puf, 2017.
3. Amélie Beaumont, « Déformations professionnelles », thèse de science politique, université Paris-1, 2021.

Des tenues vestimentaires pour gagner la confiance de client·es : les agent·es immobilier·es

Une grande partie du temps de travail des agentes et agents immobiliers consiste à interagir avec des client·es potentiel·les. Elles et ils sont soucieux du bon déroulé de ces interactions car leurs revenus en dépendent entièrement ou en grande partie. Intermédiaires mal reconnus, dont les honoraires sont régulièrement vus comme excessifs au regard de leur travail, elles et ils s'efforcent d'être perçus comme des professionnels fiables et doivent souvent déployer des efforts importants pour gagner la confiance de leurs interlocuteurs et interlocutrices. Comme dans d'autres métiers de présentation, leurs vêtements de travail font l'objet de nombreuses attentions. Dans les quartiers de classes moyennes et plus encore de classes supérieures, ils et elles s'engagent dans des stratégies de distinction. Ils et elles perçoivent leurs vêtements de travail comme des gages de sérieux et de rigueur, et cherchent, à travers eux, à tenir un rang. Dans ces quartiers, ils et elles tâchent d'imiter des professions plus reconnues, comme les notaires[1]. Les hommes portent ainsi fréquemment une chemise et un costume – comparé parfois à un « bleu de travail » –, voire une cravate ; ils se rasent de près, peuvent mettre des boutons de manchette. Les femmes s'attachent aussi à être élégantes : elles portent des talons, se maquillent avec soin, ont souvent des ongles manucurés. Des signes de statut se cristallisent également dans leur montre, leur ceinture, leurs chaussures, leurs lunettes ou encore dans les marques de leurs vêtements. Dans les quartiers populaires en

1. Les notaires garantissent la dimension juridique des transactions immobilières et sont, à la différence des agent·s immobiliers, des interlocuteurs nécessaires au cours de ces ventes.

revanche, les agentes et agents immobiliers portent des tenues vestimentaires et des accessoires qui, tout en incarnant un statut de col blanc, visent aussi à ne pas trop creuser la distance sociale qui les sépare de leurs client·es.

Le rapport au corps des agentes et agents immobiliers s'écarte d'une conception du corps répandue dans les milieux populaires où le souci de paraître est moins présent que dans les classes moyennes et supérieures, et où – en particulier chez les ouvriers – le corps joue au travail un rôle plus instrumental. Il contraste aussi avec un rapport au corps que l'on observe chez des salarié·es du secteur public moins au contact de client·es, et dont le recrutement, s'effectuant par l'intermédiaire d'un concours ou accordant une place plus importante au diplôme, fait moins de l'apparence physique une priorité. Nombre d'agentes et agents immobiliers accordent une grande attention à leur poids[1] et, de manière plus générale, à leur apparence, ce qui se traduit souvent, comme chez les cadres commerciaux[2], par la pratique d'un sport pour des raisons esthétiques, la fréquentation régulière d'instituts de beauté, le recours à la manucure, à des UV, et par des dépenses relativement élevées en cosmétique (parfums, maquillage, crèmes, produits de beauté, etc.) ou coiffure.

De manière révélatrice, le rapport au corps des agentes et agents immobiliers issus de milieux populaires se modifie au cours de leur trajectoire. En témoigne, par

---

1. Thibaut de Saint-Pol note d'ailleurs que, comme d'autres travailleurs des services, les hommes et les femmes travaillant dans le secteur de l'immobilier ont une corpulence plus faible que la moyenne. Voir Thibaut de Saint-Pol, *Le corps désirable. Hommes et femmes face à leur poids*, Paris, Puf, 2010.
2. Oumaya Hidri, « Le "chassé-croisé" des apparences sexuées : stratégies d'insertion professionnelles des cadres commerciaux », *Cahiers du genre*, 2007, n°42, p. 101-119.

exemple, le cas de Sabrina Abdi[1] (28 ans). Issue d'un milieu modeste (son père, d'origine marocaine, est ouvrier du bâtiment et sa mère n'a jamais travaillé), elle a arrêté ses études au cours du lycée pour partir vivre au Maroc, à la suite d'un mariage arrangé. Revenant en France quelques années plus tard après son divorce, elle exerce plusieurs emplois en usine (elle travaille comme ouvrière avant de diriger une équipe) puis parvient à se faire embaucher dans l'immobilier dans le XVe arrondissement parisien. Elle gagne bien sa vie dans son nouveau métier. Ses revenus sont irréguliers, mais elle touche en moyenne trois mille euros par mois, soit plus du double de ce qu'elle percevait précédemment. Son nouvel emploi l'amène à côtoyer une clientèle aux revenus confortables et à fréquenter quotidiennement plusieurs collègues issus de milieux sociaux élevés. Dans ce nouveau cadre de travail, Sabrina est devenue plus attentive à son poids (elle surveille de près ses pratiques alimentaires) et a modifié sa manière de se maquiller et de se coiffer. Elle porte désormais un chignon : « Ça passe très bien, ça fait sérieux, je me rends compte que c'est ça qui fait que les gens[2] te parlent plus », rapporte-t-elle. Ses dépenses et ses goûts en matière vestimentaire ont également évolué. Comme d'autres agentes et agents immobiliers issus de milieux populaires, elle se décrit comme « beaucoup plus exigeante » aujourd'hui que lors de son entrée dans le métier dans le choix des habits qu'elle porte au travail, mais aussi en dehors. Elle a, par exemple, cessé depuis plusieurs mois d'acheter des vêtements chez Zara pour se

1. Par souci d'anonymat, les noms des enquêté·es mentionné·es dans ce texte ont été modifiés.
2. Elle fait référence ici aux personnes avec lesquelles elle s'efforce de conclure des ventes.

rendre dans une « boutique plus classe », en l'occurrence un magasin 1, 2, 3 (aujourd'hui renommé Maison 123) :

> Je suis dépensière tu peux même pas t'imaginer ! En fringues et tout… Parce que j'adore être classe. Là, en ce moment, c'est 1, 2, 3 par exemple. Et ils me connaissent tellement que quand je rentre dans le magasin, c'est un truc de malade ! Je dépense facilement : le mois dernier j'ai dû dépenser mille euros ! Et ça fait quatre mois que j'ai pas fait d'affaire, je suis vraiment… pas dans le rouge, j'ai de l'argent de côté, mais c'est vrai que je dépense un max de thunes. […] Maintenant, j'aime bien les belles choses, je suis devenue de plus en plus exigeante.

Le rapport au corps et aux vêtements des agentes et agents immobiliers d'origine populaire peut donc évoluer au fil de leur parcours. Il en est de même pour les employé·es de l'hôtellerie de luxe qui, à la différence des agentes et agents immobiliers, portent au travail des uniformes.

Des uniformes pour servir une clientèle élitaire : les employé·es de l'hôtellerie de luxe

Les employé·es de l'hôtellerie de luxe se voient imposer un uniforme dès leur entrée en poste, en fonction du métier qu'ils et elles occupent et de leur genre. Dans ce secteur, les uniformes existent depuis l'essor des hôtels de luxe à la moitié du XIXe siècle et sont dès cette époque très codifiés. Ils héritent des codes de la domesticité et de ceux des mondes militaires. Plusieurs divisions régissent ainsi la détermination des vêtements de travail : la distinction entre métiers d'intérieur et d'extérieur, entre métiers en contact ou non avec les client·es, et entre métiers d'hommes et de femmes. En fonction de ces différences, les uniformes incluent ou non une veste, sont plus ou moins ornés, imposent jupes ou pantalons. La stratégie de l'hôtel dans lequel s'est déroulée l'enquête est largement dictée par le secteur : la conformation à ces normes historiques se veut un gage de qualité et vient appuyer l'appartenance de l'hôtel à la catégorie des palaces. Les employé·es ont donc une très faible marge de manœuvre, même pour les éléments de leur apparence physique qui ne sont pas fournis par l'hôtel, comme les chaussures, les collants et les chaussettes, mais aussi le nombre et la visibilité des bijoux, le maquillage ou encore la coupe de cheveux. Tout est réglementé dans les « standards de grooming », un cahier des charges sur l'apparence physique distribué à l'entrée en poste et dont l'absence de respect peut entraîner remarques et sanctions. Les différences de normes selon le sexe viennent conformer des images traditionnelles des hommes et des femmes : la plupart du temps, les uniformes des femmes comprennent des jupes de tailleurs, et on leur impose de se fournir en collants chair et d'acheter des chaussures à talons noir, quand les hommes portent des pantalons et doivent y ajouter des chaussures en cuir noir à lacets avec des chaussettes noires. La formalité des uniformes, plus généralement, appuie la représentation de sérieux que doivent donner l'ensemble des employé·es en train de servir. Les vêtements de travail doivent ainsi faciliter, comme le relèvent souvent les employé·es, la disparition des individus derrière les uniformes. En cela, ils influent sur les interactions quotidiennes et constituent des outils de gouvernement des corps, c'est-à-dire à la fois de contrôle des corps des employé·es et de cadrage des catégories de perception des client·es.

Cette emprise de l'hôtel sur les corps est à la fois acceptée et réappropriée par les employé·es. Cela est particulièrement patent pour les hommes, dont les corps font habituellement moins souvent l'objet d'un encadrement esthétique que ceux des femmes. D'un côté, ces hommes sont fiers de porter des uniformes centenaires qui les relient à des métiers valorisés par leur proximité avec les classes supérieures. Devoir être « bien habillé » pour le travail leur permet de plus de se distinguer des métiers salissants qu'ils situent hiérarchiquement en dessous du leur : ils se définissent ainsi souvent par opposition avec l'image de l'ouvrier, qui doit se décrasser en rentrant chez lui. D'un autre côté, ils doivent se faire à l'idée d'être des travailleurs d'apparat, ce qui n'est pas conforme avec la conception initiale de la masculinité légitime de ces employés souvent issus des classes populaires. Ils mettent alors en œuvre des stratégies pratiques pour « servir comme des hommes ». Ils usent par exemple de la galanterie avec les clientes pour associer leur manière de « rendre service » à leur place dominante dans les rapports de genre. Leur uniforme leur sert de base dans cette quête de légitimité professionnelle, en contribuant à limiter leur exposition à un rapport trop servile avec la clientèle. La redingote des concierges et les clés d'or épinglées à son col permettent ainsi à ces professionnels d'affirmer leur position centrale et experte dans le hall des grands hôtels[1]. Ou encore, la « casquette de la Wehrmacht » (nom donné familièrement au vu de leur ressemblance avec celles de l'armée du IIIe Reich) que portent les voituriers assoit leur autorité à l'entrée de l'hôtel et vient

1. Thibaut Menoux, « L'étoffe d'un concierge. Socialisation vestimentaire et ajustements masculins au service de luxe », *Travail, genre et sociétés*, 2019, vol. 41, n° 1, p. 47-65.

conforter leur virilité. Le lien avec les mondes militaires représente d'ailleurs pour ces employés une manière masculine légitime de justifier la nécessité de la prise de soin de leur corps que leur impose l'hôtel ; ils rattachent ainsi volontiers leur expérience du rasage quotidien à leur passage dans l'armée.

Comme dans l'immobilier, les carrières dans les métiers de présentation de l'hôtellerie de luxe permettent des ascensions sociales par l'argent et peuvent modifier les rapports au corps. Cette transformation se repère, par exemple, chez Marc Garnier, un bagagiste de 34 ans. Fils d'un père policier et d'une mère au foyer, il a grandi dans une cité HLM de Dunkerque et raconte avoir traîné à cette époque « avec des racailles ». Peu à l'aise à l'école, il quitte le lycée en première, fait son service militaire et traverse une période difficile pendant laquelle il enchaîne plusieurs « petits boulots ». Finalement, il trouve par l'intermédiaire d'une connaissance un emploi comme voiturier de nuit dans un hôtel de luxe de Deauville. Il découvre alors un univers parfaitement nouveau qui l'enthousiasme, notamment parce qu'il contraste avec ses précédentes expériences sur le plan vestimentaire et ce que cela symbolise :

> Franchement j'ai bien apprécié parce que voilà, déjà t'es habillé, t'es propre, t'as ton petit costard, les chaussures... Ça change des boulots que j'ai faits, travailler dans le bâtiment, travailler, tu vois ? [...] Là t'as une certaine élégance.

Il décide de persévérer dans le secteur et fait son chemin jusqu'à un palace parisien. Cette expérience s'avère centrale pour lui, il apprécie le soin que son emploi lui impose de prendre de son apparence, qui modifie son rapport au corps en dehors du travail.

« J'aime être bien habillé, j'aime être propre, quoi, tu vois », explique-t-il en entretien. Comme beaucoup d'autres employés du luxe, il possède plusieurs costumes, dont certains de marque. Quelques années plus tard, il avoue aussi se teindre les cheveux pour couvrir les premières raies blanches qui commencent à strier ses cheveux noirs. Mais cette pratique esthétique, qu'il perçoit comme illégitime pour un homme, lui impose de rester toujours sur le qui-vive : il s'inspecte régulièrement pour vérifier que n'apparaissent pas des reflets roux qui trahiraient sa teinture. Il évite d'ailleurs tout vocabulaire esthétique pour parler de ses choix en matière d'apparence et préfère un lexique plus neutre sur le plan du genre : celui de l'hygiène, qu'on perçoit dans l'expression « être propre ». Dans cette modification du rapport au corps qu'entraîne la pratique de ce métier de présentation, on perçoit donc une ambivalence qui tient aux idées que se font les hommes des incarnations légitimes du genre masculin et que l'ascension par ce type de métier vient questionner.

Conclusion

Les normes qui modèlent les habits de travail peuvent donc avoir des effets sur les rapports au corps des individus qui les portent. L'immobilier et l'hôtellerie de luxe ne sont pas les seuls secteurs où l'on observe des familiarisations avec des normes corporelles en vigueur dans les classes moyennes et supérieures[1], souvent synonymes pour les individus d'une recherche de respectabilité par

1. Voir notamment Diane Desprat, « Dégoût et normes d'hygiène dans un métier de soin des apparences. La socialisation professionnelle par corps des coiffeurs et des coiffeuses », *Sociétés contemporaines*, 2020, n° 117, p. 23-46.

l'apparence physique. On peut d'ailleurs faire l'hypothèse que l'adoption de pratiques et de représentations corporelles propres aux groupes sociaux les plus valorisés se retrouve dans de nombreux métiers de présentation. Ces phénomènes d'inculcation n'épuisent pas les différentes manières dont les univers professionnels façonnent les corps à travers les vêtements de travail[1]. Mais ils contribuent, en tout état de cause, à montrer que la sphère professionnelle peut être une instance importante de socialisation vestimentaire et corporelle.

1. Pour un exemple de socialisation professionnelle à d'autres normes, voir Romain Pudal, « Du "Pioupiou" au "Vieux Sarce" ou comment en être : ethnographie d'une socialisation chez les pompiers », *Politix*, 2011, n° 93, p. 167-194.

Marine Le Pen, la dédiabolisation vestimentaire

Frédérique Matonti

Marine Le Pen a engagé son parti, le Front national (FN), rebaptisé Rassemblement national (RN), dans une stratégie dite de « dédiabolisation » que beaucoup de journalistes et d'éditorialistes voire de professionnel·les de la politique de droite et du parti présidentiel, à la différence de la plupart des journalistes qui suivent au quotidien le RN et des politistes qui en sont spécialistes, ont prise au sérieux. Aujourd'hui, c'est plutôt l'appartenance ou non à l'« arc républicain » qui mobilisent les commentaires. Or cette stratégie peut être saisie, ou du moins effleurée, en se concentrant sur l'un de ses aspects apparemment anecdotiques : la présentation de soi, principalement vestimentaire et accessoirement capillaire, de Marine Le Pen. Comme nous le rappellerons dans un premier temps, non seulement le vêtement des femmes politiques est très souvent objet de commentaires et de contrôle, mais les choix vestimentaires des politiques en général sont aussi révélateurs du type de mandats que les élu·es entendent endosser. Nous décrirons ensuite l'évolution du style vestimentaire de Marine Le Pen, avant d'en tirer quelques hypothèses sur les logiques politiques qu'elle recouvre[1].

1. J'utilise ici, outre les photographies parues dans la presse, celles de son ancien blog « Carnet d'espérances » (2016-2017) et surtout celles de son compte officiel Facebook, parce que son équipe a choisi de les publier et qu'elles peuvent donc refléter ses choix quels qu'ils soient. Ces photographies ont été systématiquement

Traitement genré des professionnelles de la politique et logiques vestimentaires

Les professionnelles de la politique françaises, même si leur nombre a augmenté notamment grâce aux effets de la parité, continuent d'être traitées différemment de leurs homologues masculins par la presse comme par leurs collègues. Ainsi, outre l'usage fréquent de leur unique prénom pour les désigner, il est bien rare qu'un portrait n'évoque pas leur compagnon, leurs enfants, voire leur père. Elles sont ainsi ramenées aux rôles genrés traditionnels de fille, d'épouse et de mère. De même sont fréquemment mentionnés leurs activités et loisirs « féminins », centrés sur l'espace domestique. Mais surtout, leur corps, c'est-à-dire sa conformation et son *hexis* (notamment leur poids), les manières de le parer (coiffure, vêtements), ainsi que son évaluation esthétique (la beauté ou son absence) sont omniprésents. Ces représentations sont en partie coproduites par les journalistes et les professionnelles de la politique elles-mêmes, par l'entremise de leur stratégie de communication. Si une bonne partie des médias et du champ politique suppose en effet qu'ils répondent ainsi aux attentes des lecteurs et des lectrices, tout autant que des électeurs et des électrices, ces représentations spécifiques des femmes politiques sont aussi des manières de « signifier les rapports de pouvoir », pour paraphraser Joan Scott[1]. C'est pourquoi les femmes politiques sont encore couramment

---

examinées pour la période de janvier 2015 (pour disposer de photos prises lors des marches après l'attentat à Charlie-Hebdo, qui en réalité sont absentes de manière sans doute révélatrice) à mars 2024, de façon à observer son évolution sur dix années. J'ai écarté les photos où elle est « taggée » parce que certaines sont des caricatures et des montages à charge, voire des *deepfakes* pornographiques (assez rares néanmoins), comme cela touche de nombreuses femmes politiques.

1. Sur ces questions, voir Frédérique Matonti, *Le genre présidentiel. Enquête sur l'ordre des sexes en politique*, Paris, La Découverte, 2017. Voir aussi Delphine Dulong, Frédérique Matonti, « L'indépassable "féminité". La mise en récit des

l'objet de rappels à l'ordre des sexes : elles sont jugées trop émotives, voire hystériques, ou au contraire trop froides, tandis que leurs voix sont considérées comme trop frêles ou trop aiguës. Le vêtement est l'un des supports de ces rappels à l'ordre, comme le montre l'épisode fameux de 2012 où la récente ministre de l'Écologie, Cécile Duflot, essuya des sifflets dignes d'un harcèlement de rue lorsqu'elle prit la parole à l'Assemblée nationale en robe évasée et colorée.

Plus généralement, le vêtement des professionnel·les de la politique est régulièrement objet de polémiques. Rappelons qu'il s'est progressivement simplifié et « laïcisé » : les politiques portent globalement les vêtements de leur groupe social, soit très majoritairement ceux des cadres supérieurs et professions libérales ; les habits ecclésiastiques ou religieux, encore présents au début de la Ve République ont définitivement disparu ; ce que certains considèrent comme un « relâchement » avec notamment l'abandon du port de la cravate ou l'apparition de tee-shirts semble plutôt caractériser les élus des groupes de gauche, à commencer par ceux de la France insoumise ; le port du pantalon pour les femmes (notamment sous forme de tailleur), longtemps interdit, s'est normalisé à l'exception du jean, toujours mal vu[1]. Cet enjeu du relâchement en cache en réalité un autre qui nous intéresse directement : la ressemblance (réelle ou imaginaire) des professionnel·les de la politique avec

femmes en campagne », *in* Jacques Lagroye, Patrick Lehingue et Frédéric Sawicki (dir.), *Mobilisations électorales. Le cas des élections municipales de 2001*, Paris, Puf, 2005, p. 281-303 ; Marlène Coulomb-Gully, *Présidente : le grand défi. Femmes politiques et médias*, Paris, Payot, 2012 ; et Aurélie Olivesi, *Implicitement sexiste ? Genre politique et discours journalistique*, Toulouse, Presses universitaires du Mirail, 2012.

1. Sur tout ce développement, voir Frédérique Matonti, « Le vêtement en politique. Représentation, ressemblance et faux pas », *Travail, genre et sociétés*, 2019, vol. 1, n° 41, p. 87-104.

leurs électeurs et électrices. La démocratie représentative repose sur le principe d'une distinction (sociale, financière et/ou morale) entre l'élu et l'électeur[1]. Mais cette définition (qui correspond à la réalité au regard des propriétés sociales des élu·es) s'est heurtée à des pratiques plus volontaristes, lorsque l'impératif de ressemblance et non de distinction a été mis en avant par les groupes politiques minoritaires (par exemple, les ouvriers au XIXe siècle ou les femmes lors de la « bataille pour la parité »)[2]. Reste que là encore, ce souci d'une « représentation miroir » (souvent effective au regard des propriétés sociales de ces élu·es minoritaires) ne se traduit qu'exceptionnellement dans la mise vestimentaire, comme le montrait le souci d'hypercorrection (hommes cravatés, femmes chapeautées) en ce domaine des élu·es communistes à leur acmé quand ils étaient dans les lieux officiels du pouvoir.

L'évolution du style de Marine Le Pen

Comme Marion Maréchal-Le Pen, et à la différence de Jean-Marie Le Pen, les différents looks de Marine Le Pen sont régulièrement commentés dans la presse people (*Gala*, *Paris-Match*), féminine (*Femme actuelle*, *Figaro Madame*...) ou encore spécialisée (*Stiletto* dirigé par la journaliste de mode et essayiste Laurence Benaïm), mais aussi dans les magazines (*L'Express*). Outre qu'il s'agit là de la manière classique dont les vêtements et coiffures

1. Bernard Manin, *Principes du gouvernement représentatif*, Paris, Calmann-Lévy, 1995.
2. Catherine Achin, « "Représentation miroir" *vs* parité. Les débats parlementaires relatifs à la parité revus à la lumière des théories politiques de la représentation », *Droit et société*, 2001, vol. 1, n° 47, p. 237-256 ; sur la parité voir Laure Bereni, *La bataille pour la parité. Mobilisations pour la féminisation du pouvoir*, Paris, Economica, 2015.

des professionnelles de la politique sont régulièrement commentés et évalués, cette présence est aussi le signe de la normalisation voire de la croissance de la place de l'extrême droite dans l'espace médiatique.

C'est d'abord avec les cheveux très longs et bouclés qu'est apparue Marine Le Pen. La presse évoquait régulièrement à son propos sa « crinière blonde » – la walkyrie n'était pas loin, voire l'animalisation[1] liée sans doute à la sauvagerie alors acquise de l'extrême droite. Depuis une vingtaine d'années, elle a adopté, au fil des campagnes électorales, un carré plus ou moins long, au blond « doré » ou « polaire »[2], et aux mèches plus ou moins claires. La blondeur, naturelle ou non, est une caractéristique de la famille Le Pen. Nombreuses sont les photographies où Jean-Marie Le Pen pose avec sa première épouse et ses filles, dans une mise en scène familialiste et patriarcale, propre aux positions politiques du fondateur du FN – Marion Maréchal-Le Pen est présente sur une affiche de Jean-Marie Le Pen dès ses 3 ans. Toutes sont blondes. Alors que le leader du FN lui-même portait aux débuts du parti un bandeau noir sur l'œil et les cheveux bruns, il a fini par recourir à une prothèse et par s'éclaircir les cheveux. Or, cette blondeur est l'un des traits communs des professionnelles de la politique d'extrême droite en Europe (mais aussi de nombre de Républicaines, soutiens de Trump). C'est le cas par excellence de la présidente du Conseil, aujourd'hui membre de Fratelli d'Italia, Giorgia Meloni, qui est passé du châtain foncé lors de ses débuts politiques à Alleanza Nazionale au blond.

1. Il existe d'autres formes d'animalisation des professionnelles de la politique (mais aussi d'autres catégories professionnelles), celles qui touchent les femmes racisées.
2. https://www.gala.fr/beaute/beaute_de_star/photos-marine-le-pen-elle-allege-son-discours-avec-sa-coiffure-et-redore-son-image_483045

Ce recours au blond est polysémique. Il s'agit bien sûr d'un écho de l'idéal du blond nordique, voire aryen, des mouvements identitaires, mais il s'agit aussi de jouer sur la douceur et la luminosité qui lui sont spontanément associées. Blondeur, douceur et féminité sont censées aller de pair. Plus précisément, on pourrait dire qu'il s'agit de ce que Raewyn Connell a baptisé « féminité accentuée », venant soutenir la « masculinité hégémonique »[1]. Mais il y a blond et blond : entre le blond cendré méché de la bourgeoisie parisienne réalisé en salon et le blond très clair fabriqué à domicile, et porté avec un teint très bronzé, il y a un monde... social. Au regard du salon choisi à l'automne 2021 par Marine Le Pen (près de l'Opéra à Paris, chez un coiffeur où le « blond signature » est facturé à partir de 496 euros), l'impératif de distinction semble l'avoir emporté sur celui de la ressemblance, nous y reviendrons.

Le style vestimentaire de Marine Le Pen a changé au fil des évolutions de la mode – les vestes très épaulées ou aux manches bouffantes ont ainsi progressivement disparu. De même s'est-il infléchi avec l'âge : les pièces les plus « jeunes » (teddy, blouson, canadienne, jean) ont été quasi éliminées de son vestiaire – elle arpente encore parfois les marchés et les fermes avec un blouson fourré au col et aux poignets en fourrure (difficile de déterminer s'il s'agit de fourrure synthétique et de vrai cuir). Mais les

1. Raewyn Connell définit la masculinité hégémonique « comme la configuration de la pratique de genre qui incarne la réponse acceptée à un moment donné au problème de la légitimité du patriarcat. En d'autres termes, la masculinité hégémonique est ce qui garantit (ou ce qui est censé garantir) la position dominante des hommes et la subordination des femmes », in *Masculinités. Enjeux sociaux de l'hégémonie*, Paris, Amsterdam, 2014, p. 74. On pourrait ici se demander (mais ce n'est pas le sujet) si la masculinité des leaders et des sympathisants RN n'est pas plutôt « marginalisée » pour reprendre une autre appellation de Connell, qui caractérise ainsi les masculinités réduites à la violence.

inflexions les plus importantes vers la sobriété et la qualité des couleurs et des matières, voire la mise en place d'un strict *dress code*, sont très récentes et sont contemporaines de l'entrée dans la campagne présidentielle de 2022.

Pendant très longtemps, en effet, Marine Le Pen a arboré des blouses chamarrées, voire bariolées, parfois brodées, aux tissus manifestement assez bon marché, au regard de leur absence de tenue et de leurs chiffonnements. Elle a régulièrement porté des vestes aux couleurs tranchantes[1] (vert turquoise, bleu pâle, rose fuchsia, corail, bleu lavande), des chemisiers orange ou mauves, des hauts souvent surchargés au décolleté large laissant apercevoir parfois la naissance de la poitrine (chemisier avec des grosses fleurs noires et bleues au cœur rouge ; haut en coton rayé bleu et blanc avec épaules bouffantes, poches plaquées et grosses fermetures éclair ; en mousseline bleue avec manches ballons, fleurs au col, avec empiècement ajouré ; en mousseline rouge avec manches évasées et nouées au poignet ; blouse rouge en satin avec deux volants en biais ; blouse bleu dur avec deux épaisseurs de tissus dont l'une volantée à l'arrière et des manches chauve-souris ; une chemise en soie lavée tirant sur le vert-de-gris avec ongles assortis ; une blouse en dentelle blanche ; de nombreux petits hauts fleuris, etc.).

En parcourant les photographies de son compte officiel Facebook (1,7 million de followers en mars 2024)[2], on

1. Les vestes aux couleurs acidulées ne la distinguent pas des autres professionnelles de la politique – à l'exception des premières générations aux tailleurs sobres mais de prix comme Simone Veil – qui ont souvent choisi ainsi d'être visibles parmi les costumes masculins (situation que Marine Le Pen retrouve avec les représentants de l'extrême droite). Ce qui la distingue néanmoins, c'est que ces vestes paraissent, à quelques exceptions près, de moins bonne qualité.

2. Emmanuel Macron en compte à la même date 4,7 M ; Jean-Luc Mélenchon, 1,5 M ; François Hollande, 919 000 ; Marion Maréchal, 736 000 ; Éric Zemmour, 312 000 ; Éric Ciotti, 165 000, Olivier Faure, 25 000.

recense au fil du temps : un manteau beige et marron composé de différents tissus et motifs, avec épaulettes et nombreux boutons (jusqu'en octobre 2015[1]) ; une veste longue beige en lainage, avec col et dos blancs (janvier 2016) ; une veste noire sans col avec des motifs sur le devant *tie and dye* gris (septembre 2016) ; un ensemble veste pantalon en lainage gris foncé aux poignets gris métallisé (octobre 2017) ; une veste courte gris chiné, à large col rond (novembre 2016) ; un blouson noir court à parements satinés orné de fermetures éclair très apparentes (porté jusqu'en mai 2017) ; une veste bleue avec deux rangées de petits boutons blancs ou d'œillets argentés sur les revers (mars 2018) ; un manteau bleu marine peut-être en cuir et doublé en fourrure, fourrure et cuir semblant synthétiques (jusqu'en mars 2018) ; un spencer à chevrons gris clair métallisé à parements noirs (juin 2018) ; une veste longue composée de différentes matières et avec plusieurs nuances de gris (portée jusqu'en octobre 2018) ; un manteau sans col, bleu outremer, aux poignets larges et volantés (porté jusqu'en mai 2019), une cape beige et ample avec une attache qui ressemble à celle des *duffel-coats* ; un blazer aubergine (janvier 2020) ; une veste courte violette cintrée à la taille (mai 2021) ; un blazer long bleu gris (septembre 2021) ; une veste courte vert olive, cintrée avec manches resserrées et volantées (octobre 2021) ; un manteau gris bleu avec panneaux alternativement noirs, à carreaux et à motifs (avril 2021) ; une veste cape d'allure militaire très régulièrement portée qui laisse émerger les manches de la veste lavande (janvier 2017), celles d'un chemisier blanc

1. « Jusqu'en » signifie qu'il s'agit d'un vêtement dont la dernière apparition photographiée date de cette période, ici octobre 2015.

(décembre 2017), d'un pull noir (février 2020), puis vert (novembre 2021), et enfin rouge (mai 2021).

Les ornements et les accessoires sont nombreux et s'additionnent fréquemment sur la même tenue : épaulettes à boutons, brandebourgs, boutons très travaillés, manches évasées, ceintures blanches ou dorées, broche en forme de cigale, pendentifs en forme de gros cœur, de feuilles, d'anneau volumineux, composés de pierres plates, nombreux colliers fantaisie. Lorsqu'on entrevoit les superpositions de vêtements sous un manteau, on aperçoit souvent plus de trois couleurs, rarement complémentaires. Les talons sont hauts et assez carrés, rarement fins, faits pour marcher, à l'exception peut-être d'une paire de sandales à talons compensés rouges et d'escarpins tout aussi rouges. Les sacs sont rares (sur le terrain, quelqu'un les porte pour elle) et ordinaires : pochette bleu outremer en nubuck à fermeture éclair avec anse en cordelette, besace en cuir à la bretelle ouvragée, gros sac rouge légèrement métallisé. La presse people a d'ailleurs épinglé ce dernier accessoire porté avec un tailleur-pantalon noir pour une invitation des dirigeants des partis à l'Élysée en 2016, ce qui a permis de l'identifier comme un sac Desigual, seule marque qu'elle ait fréquemment privilégiée et qui est connue pour ses mélanges de couleurs et de matières[1].

Dans l'ensemble, et par comparaison avec le moment de son entrée en politique, aux côtés de son père et de sa famille, elle porte encore parfois un jean, rarement une robe (lors des meetings d'été, apparaît une robe trois trous au-dessus du genou, noire ou marine). La jupe

1. Les photographies de presse permettent d'identifier des pièces qui n'apparaissent pas dans le compte Facebook, comme en 2007 un trench Desigual chargé de détails et de couleurs, dans l'esprit de la marque.

est exceptionnelle : c'est néanmoins en jupe bleu marine (ou noire) découvrant largement sa cuisse qu'elle pose sur son affiche du second tour de 2017, où elle est photographiée légèrement déhanchée, assise sur un bureau, devant une bibliothèque.

Cette débauche de couleurs, de formes et d'accessoires a disparu, et de manière vraiment nette dès les débuts de la campagne de 2022. À de très rares exceptions, mais qui restent sobres (manteau gris, veste marine à très fines rayures, l'un et l'autre croisés), à quelques pièces du vestiaire ancien près (veste en lainage rose pâle, veste courte vert bouteille), les vestes ou les manteaux sont désormais larges, rouges, bleu marine, blancs (les couleurs du drapeau) ou noirs. Les vestes sont longues, « tombent » bien et accompagnent des pantalons assortis et quelques fois des jupes. Ce style est particulièrement présent dans les lieux et les moments les plus officiels : meetings importants, passages télévisuels, débats, affiches de campagne. Les hauts se sont simplifiés : chemisier blanc ou bleu marine et leurs matières assagies (demeurent quelques chemisiers en satin). Les cols sont dorénavant légèrement échancrés en V ou à peine déboutonnés. Les accessoires sont discrets (collier avec une médaille qui semble être religieuse, foulard blanc, rose ou bleu pâle noué, broche ancienne au revers de la veste). Si la coiffure est globalement maîtrisée, restent quelques chignons bricolés à la va-vite avec une barrette. Comme pour tous les politiques, les tenues sont infléchies selon les lieux (parka imperméable et bottes en caoutchouc pour une visite d'un port breton, doudoune noire courte sur un jean pour une rencontre de policiers, etc.) ou le climat (blouses légères et colorées à la Réunion ou à Mayotte). Et c'est uniquement lors des déplacements à l'étranger que les tenues redeviennent moins formelles : tailleur avec jupe courte à volants à l'occasion d'une visite au Hongrois Viktor Orban ; manteau blanc à revers en satin pour un dîner avec Mateusz Morawiecki à Varsovie (alors que le carton d'invitation mentionnait uniquement « business casual »).

Fausse ressemblance et vraie légitimation

Les vêtements ont un coût et sont le reflet d'un « goût » qui, lui-même, ne doit rien au hasard ou aux inclinations supposées naturelles, mais avant tout, on le sait, aux positions dans l'espace social[1]. Longtemps, lorsque Marine Le Pen apparaissait sur des photographies de groupe, avec des sympathisant·es, tout particulièrement dans sa circonscription d'Hénin-Beaumont, ou bien avec les dirigeants du FN/RN, ses vêtements ressemblaient à ceux portés par celles et ceux qui l'entouraient : pas de tissu ni de lainage de grande qualité (cachemire, lin, soie), mais plutôt du synthétique, pas de marques de luxe ni même de prêt-à-porter reconnaissables (à l'exception de Desigual), pas d'accessoires chers (sauf peut-être de lunettes de soleil, en début de carrière) : un vestiaire qui pourrait être constitué d'achats en grandes surfaces et dans des boutiques de chaînes bon marché[2]. Les vêtements étaient fréquemment portés, signe d'un sens de l'économie – il ne s'agit pas ici de l'économie ostentatoire

1. Voir Pierre Bourdieu, *La distinction*, *op. cit.*
2. En avril 2015, Marine Le Pen avait été invitée au gala de *Time* à New York pour fêter les 100 personnalités les plus influentes du monde. Elle était apparue sur le *photocall* dans une robe bleue de mousseline retenue autour du cou par des pierreries. Après avoir jugé que la robe pourrait sortir d'un « mauvais supermarché de province », Samir Hammal, chargé d'un cours « Les habits du pouvoir à Sciences Po », avait finalement estimé qu'il s'agissait là d'un choix astucieux, « anti-establishment ». Où l'on mesure aisément qu'en matière de goût, le jugement de classe menace toujours. https://www.huffingtonpost.fr/life/article/marine-le-pen-portait-une-robe-de-location-sans-marque-pour-le-gala-du-time_54528.html

relevée par les journalistes spécialisés lorsque les « premières dames » et surtout les « royaux » portent plusieurs fois une tenue ou s'aventurent à arborer une marque de la grande diffusion (H&M, par exemple), ni d'un souci d'écologie. Seules quelques rares pièces de son vestiaire tranchaient par leur « chic » pour les « grandes occasions » : un chemisier blanc au tissu soyeux avec pans noués que Marine Le Pen portait souvent et notamment dès la rentrée 2017 sur ses photographies de presse destinées à annoncer ses passages dans les médias, en meeting ou en déplacement ; une ou deux vestes qui « se tiennent », comme celle bleu lavande sur les clichés de presse antérieurs ; un chemisier bleu nuit au col brodé de petites pierreries, arboré pendant un voyage au Liban en février 2017 ou lors d'une rencontre avec Poutine en mars de la même année et, là encore, présent sur les photographies de presse. Par goût ou par stratégie (la recherche de la ressemblance), la garde-robe de Marine Le Pen jusque dans ses plus petits détails et dans ses usages ressemblait donc à celle de sa cible politique affichée (les classes populaires et les « petits moyens »). Les commentaires sur sa page Facebook sont certes souvent ceux de ses soutiens les plus enthousiastes, mais ils montrent la bonne réception de cette stratégie : « J'adore Marine, elle est comme nous. Elle est simple, elle », lit-on dans un post révélateur. C'est aussi pourquoi de nombreux *posts* la jugent « belle » et « classe », signe là encore de la cohérence des prises de position et des goûts.

Pourtant, au-delà de l'écart entre stratégie électorale affichée et composition de l'électorat (il existe en effet un vote bourgeois pour le RN, même si l'apparition à l'extrême droite d'Éric Zemmour a pu le masquer lors du premier tour de l'élection présidentielle de 2022), cette ressemblance avec ses mandant·es est un leurre. À l'exception d'une très courte activité d'avocate, Marine Le Pen est avant tout une professionnelle de la politique, au sens wébérien : elle vit par et pour la politique. Elle a en effet accumulé les mandats au fil du temps, s'est retrouvée deux fois au second tour de l'élection présidentielle face à Emmanuel Macron, occupe actuellement la présidence de son groupe à l'Assemblée nationale où elle siège à la Commission des affaires étrangères. Marine Le Pen est, à la différence de ses électrices et électeurs populaires et à l'image de ses soutiens bourgeois, une héritière. En cela, la stratégie de la « représentation miroir » lui est en théorie inaccessible. Doublement même. Par ses capitaux tout d'abord : culturels, puisqu'elle est devenue avocate, à l'issue de ses études de droit à Paris-Panthéon-Assas ; économiques ensuite, elle a régulièrement résidé dans le parc de Montretout, dans l'hôtel particulier et ses dépendances dont son père avait hérité, avant d'acheter une maison à la Celle-Saint-Cloud, et possède manifestement des parts dans d'autres résidences comme la maison familiale à la Trinité-sur-Mer[1]. En 2021, au regard de sa déclaration à la HATVP, elle cumulait ses rémunérations annuelles de présidente du RN (60 000 euros nets), de députée (70 773 euros) et de conseillère départementale (9 608 euros)[2].

Mais c'est avant en tout en politique que Marine Le Pen est une héritière. Les femmes qui ont pu accéder à la direction d'un parti politique sont une poignée – Martine Aubry pour le PS, Marie-George Buffet pour

1. La HATVP en 2015 a suspecté Marine Le Pen d'avoir sous-évalué son patrimoine (de 60 %). En 2017, elle l'avait réévalué de 500 000 à 611 832 euros. L'appréciation de la HATVP a été confirmée par le Conseil d'État en 2019, alors que Marine Le Pen en avait demandé l'annulation.
2. À titre de comparaison, le secrétaire général du PS, lui aussi député, ne reçoit pas de rémunération de son parti.

le PCF, Michèle Alliot-Marie pour le RPR[1] –, les Verts constituant une exception avec Dominique Voynet, Cécile Duflot, Marine Tondelier, notamment en raison de l'application précoce de la parité en leur sein. Mais toutes ces femmes, qu'elles doivent ou non leur accession au *leadership* à une crise de l'appareil partisan, ont dû batailler pour conquérir ce trophée. À leur différence, Marine Le Pen a hérité le FN de son propre père, Jean-Marie Le Pen, qui en avait été l'un des fondateurs, c'est-à-dire qu'elle en a obtenu la direction sans réelle concurrence en 2011, et sans avoir à subir les dommages éprouvés pour leur image dans ces batailles par les autres femmes politiques. Aujourd'hui, alors que c'est Jordan Bardella qui préside le RN, elle occupe toujours la présidence du groupe à l'Assemblée nationale, tandis que la mainmise familiale sur le parti demeure : Jordan Bardella a longtemps été le compagnon de Nolwenn Olivier, fille de la sœur aînée de Marine Le Pen, Marie-Caroline, et du député européen Philippe Olivier. Le beau-frère et la nièce font partie de l'entourage de Marine Le Pen et veillent notamment sur sa communication.

Le cas Marine Le Pen, essentiellement en raison de cet héritage politique et de cette absence de batailles à livrer, demeure singulier : alors que toutes les femmes politiques subissent l'ensemble des phénomènes de minorisation évoqués plus haut, elle y échappe ou en joue. Si Marine Le Pen est bien appelée par son prénom, celui-ci est mis en valeur dans la stratégie interne : affiches au slogan « Bleu Marine », désignation de ses partisans comme des « maristes » ou des « gars de la Marine ». Là où le prénom minorise les autres femmes, ici il lui permet de

1. Lutte ouvrière a des porte-parole femmes (Arlette Laguiller puis Nathalie Arthaud), mais sans que le poste corresponde à une direction effective.

se distinguer de son père. Il en va de même de ses mises en valeur de ses rôles de fille, de mère et de compagne. Sa biographie *À contre-flots* insistait sur ses difficultés à concilier vie de mère et vie politique. Bref, tout ce qui minorise les autres femmes l'humanise par contraste avec son père, jouant au contraire sur le virilisme attendu d'un représentant d'un parti d'extrême droite. La dédiabolisation ou l'appartenance de plein droit à l'« arc républicain » reposent sur le renversement du stigmate qui pénalise les autres femmes. À cette singularité, doit donc s'ajouter la façon dont elle est longtemps parvenue à mimer sa ressemblance avec ses électeurs et électrices et à les y faire croire. Son style vestimentaire (à défaut de son style de vie) en a été partie prenante.

Les campagnes de 2022 (présidentielle et législatives) ont constitué un vrai passage de seuil dans la stratégie de conquête de la présidence de la République et par conséquent dans la mise en scène de la légitimité de la candidate – régulièrement Marine Le Pen annonce néanmoins qu'elle ne participera pas à la prochaine présidentielle – ou de son successeur désigné Jordan Bardella. Comme l'a souligné le politiste Bastien François, l'expérience accumulée lors de cette législature par les 89 élu·es RN, mais aussi par leurs équipes a pour effet de transformer en profondeur le RN, non pas du point de vue des idées, mais de celui des savoir-faire et de la quantité des équipes formées pendant la législature[1] – cela vaut aussi pour les 124 députés élus aux législatives de 2024.

Cette transformation destinée à accroître la compétence des membres de l'organisation partisane passe aussi par les apparences. Ainsi, le journaliste de France-Info

1. https://www.politika.io/fr/article/retour-a-politique-parlementaire

Hadrien Bect[1], chef-adjoint du service politique, a chroniqué sur Twitter les consignes de Marine Le Pen aux nouveaux élu·es lors de leur entrée au Parlement en 2022 : « "Les hommes devront porter une cravate", leur a-t-il été demandé lors de la visioconférence réunie par Marine Le Pen ce soir […]. Point bons élèves : Marine Le Pen a appelé ses troupes à ne "pas prendre le melon", "à bien parler aux huissiers" à l'Assemblée et à n'oublier "ni électeurs ni militants"[2] ». La cravate et l'élévation des standards vestimentaires de Marine Le Pen sont l'autre face de la quête de respectabilité et de légitimité du RN : il ne s'agit plus désormais de rassembler par la ressemblance, mais d'atteindre le pouvoir suprême par la compétence affichée jusque dans les plis des vêtements.

1. J'ai retrouvé les tweets du journaliste (dont le nom était mal orthographié) grâce à une allusion dans un article de *Closer*, « Marine Le Pen relookeuse : sa consigne très spéciale sur le style vestimentaire de ses députés ». https://www.closermag.fr/politique/marine-le-pen-relookeuse-sa-consigne-tres-speciale-sur-le-style-vestimentaire-de-ses-deputes-1598922#item=1
2. Tweets du 20 juin 2022.

Bibliographie commentée

Pascal BARBIER, Lucie BARGEL, Amélie BEAUMONT, Muriel DARMON, Lucile DUMONT, « Vêtement », *in* Juliette Rennes (dir.), *Encyclopédie critique du genre* [2016], Paris, La Découverte, 2020. [Une synthèse collective du groupe de recherche « Phringues » sur les rapports entre genre et vêtements analysés par les sciences sociales.]

Christine BARD, *Une histoire politique du pantalon*, Paris, Seuil, 2010, rééd. Points 2014. [Une histoire de la peur de la confusion des rôles sexués et de la contestation du pouvoir masculin].

Amélie BEAUMONT, « Servir en tant qu'homme. Les stratégies corporelles des employés de l'hôtellerie de luxe », *Nouvelles questions féministes*, 2019, n° 2, p. 34-50. [Une étude des manières dont des hommes employés de service s'approprient les contraintes vestimentaires et corporelles de leur emploi.]

Odile BLANC, *Parades et parures : l'invention du corps de mode à la fin du Moyen Âge*, Paris, Gallimard, 1997. [Une perspective historique qui remet en cause les apparentes évidences sur l'attention à la tenue vestimentaire et sa sexuation.]

Isabel BONI-LE GOFF, « Des expert·e·s respectables ? Esthétique vestimentaire et production de la confiance », *Travail, genre et sociétés*, 2019, n° 41, p. 67-86. [Une analyse intersectionnelle des tenues articulée aux normes professionnelles spécifiques du monde des expert·es.]

Pierre BOURDIEU, *La distinction. Critique sociale du jugement*, Paris, Minuit, 1979. [Une analyse fondatrice de l'espace social qui y situe les pratiques vestimentaires et corporelles ainsi que les jugements dont elles font l'objet.]

Jérémie BRUCKER, *Avoir l'étoffe, une histoire du vêtement professionnel en France des années 1880 à nos jours*, Nancy, L'Arbre bleu, 2021. [Un ouvrage qui retrace l'histoire des vêtements de travail depuis les années 1880.]

Daniel Thomas COOK, *The Commodification of Childhood. The Children's Clothing Industry and the Rise of the Child Consumer*, Durham, Duke University Press, 2004. [Une étude historique classique sur le développement du prêt-à-porter enfantin au début du XXe siècle.]

Martine COURT, « Des enfants distingués. Goûts vestimentaires et distinction sociale dans les familles de classes moyennes et supérieures », *Enfances, familles, générations*, 2018, n° 31, en ligne. [Une étude des pratiques vestimentaires des enfants au prisme du modèle théorique développé dans *La distinction.*]

Maurice HALBWACHS, *Le destin de la classe ouvrière* (1933), Paris, Puf, 2011. [Un classique de l'analyse des budgets et des dépenses des classes populaires en Europe et aux États-Unis.]

Oumaya HIDRI NEYS, « Le "chassé-croisé" des apparences sexuées : stratégie d'insertion professionnelle des cadres commerciaux », *Cahiers du genre*, 2007, n° 42, p. 101-119. [Une étude sur le rôle du vêtement et de l'apparence sur le marché du travail.]

Philippe PERROT *Le travail des apparences, ou les Transformations du corps féminin. XVIIIe-XIXe siècles*, Paris, Seuil, 1984. [Une histoire sociale du corps et des vêtements féminins.]

Daniel ROCHE, *La culture des apparences. Une histoire du vêtement, XVIIe-XVIIIe siècles*, Paris, Fayard, 1989. [Une histoire des distinctions entre groupes sociaux, leurs tensions et leurs évolutions avec le « siècle des Lumières » à partir du point d'entrée des vêtements et de la mode.]

Juliette RENNES, Clothilde LEMARCHANT, Lise BERNARD, « Habits de travail », *Travail, genre et sociétés*, 2019, n° 41, 2019, p. 23-28. [Un numéro de revue qui réunit des articles (écrits par Louise Jackson, Thibaut Menoux, Isabel Boni-Le Goff et Frédérique Matonti) sur les vêtements dans différents milieux professionnels.

Beverley SKEGGS, *Des femmes respectables. Classe et genre en milieu populaire* [1997], Marseille, Agone, 2015. [Une sociologie empirique des femmes de classes populaires qui inclut une attention aux pratiques et aux jugements vestimentaires.]

Thorstein VEBLEN, *Théorie de la classe de loisir* [1899], Paris, Gallimard, 1970. [Un essai à la large postérité qui fait des vêtements un domaine central de la consommation ostentatoire de la bourgeoisie à l'aube du XXe siècle.]

Les autrices

Christine BARD est professeure d'histoire contemporaine à l'université d'Angers, membre senior de l'IUF. Elle est présidente de l'association Archives du féminisme et responsable du Musée d'histoire des femmes et du genre. Elle est notamment l'autrice de *Les garçonnes. Mode et fantasme des Années folles* (Flammarion, 1998), *Une histoire politique du pantalon* (Seuil, 2010, rééd. Points, 2014) et *Ce que soulève la jupe* (Autrement, 2010).

Lucie BARGEL est professeuse de sociologie politique à l'Université Côte-d'Azur. Elle s'intéresse aux relations entre migrations et institutions politiques, dans une perspective socio-historique et comparée entre la France et l'Italie. Elle a récemment publié *Dans l'écheveau de la frontière. Alignements, réalignements des attachements politiques dans la vallée de la Roya (XIXe-XXIe siècles)* (Karthala, 2023). Elle est coautrice de la notice « Vêtements » dans J. Rennes (dir.), *Encyclopédie critique du genre* (La Découverte, 2016, rééd. 2021).

Amélie BEAUMONT est chargée de recherche en sociologie au CNRS, membre du Centre Maurice-Halbwachs. Elle a soutenu une thèse intitulée « Déformations professionnelles » (2021) et est coautrice de la notice « Vêtements », *in* J. Rennes (dir.), *Encyclopédie critique du genre* (La Découverte, 2016, rééd. 2021).

Lise BERNARD est chargée de recherche au CNRS, membre du Centre Maurice-Halbwachs et professeure attachée à l'ENS-PSL. Elle est l'autrice de *La précarité en col blanc. Une enquête sur les agents immobiliers* (Puf, 2017) et a participé à la coordination du dossier « Habits de travail » (*Travail, genre et société*, 2019, n° 41).

Martine COURT est maîtresse de conférences HDR en sociologie à l'Université Clermont Auvergne. Elle est l'autrice de *Corps de filles, corps de garçons. Une construction sociale* (La Dispute, 2010) et de *Sociologie des enfants* (La Découverte, 2017), ainsi que de plusieurs articles sur l'habillement des enfants (*Terrains & travaux*, *Recherches familiales*, *Enfances, familles, générations*).

Muriel DARMON est directrice de recherche en sociologie au CNRS, membre du CESSP. Elle a publié *Devenir anorexique* (La Découverte, 2003), *Classes préparatoires* (La Découverte, 2013) et *Réparer les cerveaux* (La Découverte, 2021), et est coautrice de la notice « Vêtements », *in* J. Rennes (dir.), *Encyclopédie critique du genre* (La Découverte, 2016, rééd. 2021).

Frédérique MATONTI est professeure de science politique à l'université Paris-1 Panthéon-Sorbonne, membre du CESSP. Elle est l'autrice de *Comment sommes-nous devenus réacs ?* (Fayard, 2021) et de *Le genre présidentiel, enquête sur l'ordre des sexes en politique* (La Découverte, 2017).

Table

« La Vie des Idées »

Collection fondée par Ivan Jablonka
et dirigée par Ariel Suhamy et Nicolas Duvoux

Suite de la collection

Sébastien Roux et Anne-Sophie Vozari, *Familles : nouvelle génération*
Igor Martinache et Frédéric Sawicki, *La fin des partis ?*
Bruno Cousin et Michèle Lamont, *La morale des sociologues*
Florence Faucher et Gérôme Truc, *Face aux attentats*
Stéphane Beaud et Mathias Millet, *L'Université pour quoi faire ?*
Anne Monier et Sylvain A. Lefevre, *Philanthropes en démocratie*
Tristan Haute et Vincent Tiberj, *Extinction de vote ?*
Nicolas Duvoux et Nadège Vezinat, *La santé sociale*
Soraya Boudia et Emmanuel Henry, *Les politiques de l'ignorance*
Catherine Guesde, *Penser avec le punk*
Alain Corbin et Hervé Mazurel, *Histoire des sensibilités*
Anne Augereau et Christophe Darmangeat, *Aux origines du genre*
Ophir Levy et Emmanuel Taïeb, *Puissance politique des images*
Denis Ramond et Dominique Lagorgette, *Lutter contre les stéréotypes*
Jean-Baptiste Comby et Sophie Dubuisson-Quellier, *Mobilisations écologiques*
Matthieu Hély et Maud Simonet, *Monde associatif et néolibéralisme*
Didier Lemazière et Rémi Lefebvre, *Des élus déclassés ?*
Julien Le Mauff et Réjane Sénac, *Politique de l'exclusion*
Éric Monnet et Antoine Vauchez, *L'Europe : du marché à la puissance publique*
Baptiste Giraud et Jérôme Pélisse, *Le dialogue social sous contrôle*
Géraldines Farges et Igor Martinache, *Enseignants : le grand déclassement ?*

La collection « La Vie des Idées »

laviedesidees.fr est davantage qu'une revue en ligne : c'est une coopérative intellectuelle et un lieu de débats, qui vise à offrir le meilleur des sciences humaines au plus large public possible. Créée en 2007, rattachée au Collège de France et dirigée par Ariel Suhamy et Nicolas Duvoux, elle propose une information de qualité sur la vie intellectuelle, tant en France qu'à l'étranger. Les ouvrages publiés en collaboration avec les Puf abordent transversalement un thème de recherche, un sujet d'actualité ou un débat de société. En expérimentant de nouveaux liens entre le numérique et l'édition papier, cette collection vise à renouveler les formes de la vie intellectuelle, pour mieux penser le monde contemporain et démocratiser le savoir.

www.laviedesidees.fr

Cet ouvrage a été mis en pages par

<pixellence>

Imprimé en France
par la Nouvelle Imprimerie Laballery
rue Louis Blériot 58500 Clamecy
février 2025 - N° 411607

La Nouvelle Imprimerie Laballery est titulaire de la marque Imprim'Vert®